Bianca™

Hijo de una noche

Cathy Williams

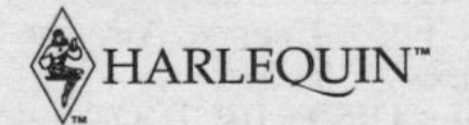

Editado por HARLEQUIN IBÉRICA, S.A.
Núñez de Balboa, 56
28001 Madrid

HIJO DE UNA NOCHE, N.º 2044 - 8.12.10
Título original: The Italian's One-Night Love-Child
Publicada originalmente por Mills & Boon®, Ltd., Londres.

I.S.B.N.: 978-84-671-9066-3
Depósito legal: B-39197-2010
Editor responsable: Luis Pugni
Preimpresión y fotomecánica: M.T. Color & Diseño, S.L.
C/ Colquide, 6 portal 2 - 3º H. 28230 Las Rozas (Madrid)
Impresión y encuadernación: LITOGRAFÍA ROSÉS, S.A.
C/ Energía, 11. 08850 Gavá (Barcelona)
Fecha impresion para Argentina: 6.6.11
Distribuidor exclusivo para España: LOGISTA
Distribuidor para México: CODIPLYRSA
Distribuidores para Argentina: interior, BERTRAN, S.A.C. Vélez Sársfield, 1950. Cap. Fed./ Buenos Aires y Gran Buenos Aires, VACCARO SÁNCHEZ y Cía, S.A.
Distribuidor para Chile: DISTRIBUIDORA ALFA, S.A.

Capítulo 1

EN EL AGRADABLE y fresco interior de su Mercedes negro, Cristiano de Angelis miraba el ajetreo de las calurosas calles de Roma escondido tras sus gafas de sol de diseño. Aquella parte de la ciudad le resultaba tan familiar como su apartamento en Londres, donde vivía la mayor parte del año. Aunque volvía a menudo a Roma para visitar a su familia.

Había crecido allí y allí había ido al colegio, disfrutando de la vida regalada de la clase alta italiana, pero se independizó cuando fue a la universidad en Inglaterra. Resultaba agradable y un poco claustrofóbico a la vez estar allí, aunque fuera sólo durante una semana, y sería un alivio volver al relativo anonimato de las calles de Londres.

Cristiano frunció el ceño al pensar en la conversación que acababa de mantener con su madre y su abuelo, que habían conspirado para recordarle, durante un suntuoso almuerzo celebrado con innecesaria formalidad en el opulento comedor de la casa de su abuelo, el paso del tiempo y la necesidad de que sentase la cabeza.

Había sido un asalto de militar precisión, con su madre a un lado rogándole que buscase una buena chica y su abuelo al otro recordándole que era mayor y no se encontraba bien de salud, como si fuera un centenario decrépito y no un hombre de setenta y ocho años con una salud de hierro.

–Hay una chica estupenda –empezó a decir su madre, mirándolo a los ojos para ver si esa información caía en terreno fértil.

Pero no era así, él no tenía la menor intención de casarse por el momento y siempre había sido firme sobre ese punto. Por supuesto, era una pena tener que ver sus caras de desilusión, pero aquella pareja podía ser más temible que un tren de carga a toda velocidad. Si se mostraba blando empezarían a sacarse candidatas de la manga.

Tuvo que sonreír mientras se quitaba las gafas de sol para mirar las hordas de compradores que entraban en las elegantes tiendas de diseño, como si la palabra «crisis» no formase parte de su vocabulario.

Sin pensarlo más, Cristiano golpeó el cristal que lo separaba del conductor y se inclinó hacia delante para decirle a Enrico que quería bajarse allí.

–Tengo que hacer un recado para mi madre, volveré en taxi.

–Pero hace mucho calor...

Enrico, que había sido el conductor de la familia desde siempre, puso cara de susto.

–No soy una damisela victoriana, podré soportarlo –bromeó Cristiano–. Mira a toda esa gente. Nadie parece desmayarse por el calor.

–Pero son mujeres, están hechas para ir de compras haga el tiempo que haga.

Cristiano seguía sonriendo mientras salía del coche,

poniéndose las gafas de sol. Se daba cuenta de las miradas de admiración femenina que despertaba y estaba seguro de que si aminoraba el paso, alguna guapa morena se acercaría a decirle algo. Aunque ya no residía en la ciudad, su rostro era muy conocido en ciertos círculos y durante sus visitas a Roma nunca faltaba alguna invitación femenina. Aunque, al contrario de lo que pensaba su madre, él solía ser discreto. Y eso lo llevó a pensar de nuevo en los esfuerzos casamenteros de su familia. Él no tenía nada contra la institución del matrimonio en sí y tampoco imaginaba una vida sin hijos, pero más adelante, cuando fuera un poco mayor.

Tal vez su visión de la vida estaba marcada por el feliz matrimonio de sus padres. Aunque debería ser al revés. Sus padres, que eran novios desde el instituto, almas gemelas, como sacados de un cuento de hadas, habían sido muy felices hasta que su padre murió cinco años atrás. Su madre seguía vistiendo de luto, llevaba fotografías suyas en el bolso y se refería frecuentemente a él en presente.

En una época de divorcios rápidos, buscavidas y mujeres dispuestas a todo para conseguir un marido rico, ¿qué posibilidades había de encontrar a la mujer de su vida?

Tardó veinte minutos en llegar al edificio al que su madre le había pedido que llevase personalmente una delicada orquídea. Era un regalo para alguien que la había ayudado a organizar una cena benéfica. Su madre se marchaba a la finca, a las afueras de Roma, y la orquídea, le había dicho, no podía esperar. Y tampoco confiaba en enviarla por mensajero, de modo que tenía que hacerlo él personalmente.

En realidad, Cristiano creía que era un pequeño castigo por haber desechado a sus candidatas, pero hacer un recado era un precio que estaba dispuesto a pagar.

Aunque el paseo no había sido precisamente agradable porque rara vez iba caminando a ningún sitio. Su vida era muy cómoda, con un conductor en Londres que lo llevaba a todas partes. Además, caminar por caminar era una pérdida de tiempo para alguien que trabajaba tantas horas.

El conserje del lujoso edificio de apartamentos le indicó el camino hacia los ascensores sin hacer ninguna pregunta porque, incluso vestido de manera informal, Cristiano destilaba una seguridad que le abría cualquier puerta. El conserje no le había pedido que se identificase y él no hubiera esperado que lo hiciera.

Pero en lugar de tomar el ascensor decidió subir por la escalera de mármol, cubierta por una elegante alfombra de color granate. Pero nadie contestó cuando llamó al timbre. Y tampoco contestó su madre cuando la llamó al móvil para decirle que no podría cumplir el encargo.

¿Qué podía hacer, con una carísima flor en la mano y sin nadie a quien entregársela?

Mascullando una maldición, decidió golpear la puerta con el puño. Como en todos los apartamentos lujosos del mundo, había un silencio total en el rellano. Él sabía por experiencia propia que los ricos rara vez solían pararse a charlar con los vecinos. Francamente, él no tenía tiempo para charlar con nadie en el ascensor y, por suerte, no tenía que hacerlo porque contaba con un ascensor privado que iba directamente a su ático.

Cristiano volvió a golpear la puerta y, unos segundos después, oyó ruido de pasos en el interior.

En circunstancias normales, al escuchar esos golpes en la puerta Bethany habría abierto de inmediato para decirle al grosero que estaba llamando de esa forma lo que pensaba de él. Pero no eran circunstancias normales.

De hecho...

Cuando miró lo que llevaba puesto, notó que su frente se cubría de sudor. El vestido, que debía valer tanto como un coche, parecía flotar a su alrededor, tan precioso puesto como le había parecido unos minutos antes en la percha.

¿Por qué había tenido que probárselo?, se preguntó, enfadada consigo misma. Había conseguido resistirse a la tentación durante los últimos tres días, ¿por qué había caído como una tonta esa tarde?

Porque había estado en la calle, soportando el calor asfixiante de Roma. Cuando volvió a casa, después de darse un relajante baño de espuma en la espléndida bañera, había entrado en el vestidor, que era tres veces del tamaño de su habitación en la universidad, y había pasado los dedos por todos aquellos magníficos vestidos, trajes y chaquetas... y al final no había podido resistirse.

Pero la persona que estaba llamando a la puerta no parecía dispuesta a marcharse. Y sabía que no era Amy, que se había ido a Florencia a pasar el fin de semana con su novio. Y tampoco sería un vendedor porque el conserje no los dejaba entrar en el portal. De modo que tenía que ser algún vecino. O peor aún, un amigo de Amelia Doni.

El cuarto golpe interrumpió sus pensamientos, que eran sobre todo que iba a perder su trabajo como cuidadora de la casa, lo cual era de risa considerando que en realidad era Amy a quien habían contratado los propietarios para que lo hiciera.

Respirando profundamente, y rezando para que no fuese un policía, Bethany abrió la puerta unos centímetros, escondiéndose tras ella para que quien fuera no viese el vestido que llevaba puesto.

Sus ojos viajaron de abajo arriba... y más arriba. El hombre, altísimo, llevaba unos caros mocasines de ante, un pantalón de color crema y un polo del mismo color. Tenía los brazos bronceados y llevaba en la muñeca un reloj de titanio que debía ser carísimo. Pero cuando llegó a su cara tuvo que tragar saliva. Era el rostro masculino más fabuloso que había visto nunca. Tanto que durante unos segundos se quedó sin aire.

Pero enseguida recordó dónde estaba. En un apartamento que no era suyo y llevando un vestido que tampoco lo era.

–¿Sí? –murmuró. No quería quedarse mirando como una tonta, pero era casi imposible. Aquel hombre era impresionante. No sólo por su estatura, aunque debía medir más de metro ochenta y cinco, o por sus facciones, que parecían esculpidas en granito. Era su aura de poder, de autoridad, lo que le daba un potente y casi sofocante *sex appeal*.

Cristiano, sorprendido al ver que era una chica joven y no una mujer de cierta edad como había esperado, dedicó unos segundos a admirar el rostro ovalado, los labios carnosos, los almendrados ojos verdes y la melena pelirroja que caía casi hasta su cintura.

–¿Te estás escondiendo? –le preguntó, fascinado al ver que se ponía colorada.

–¿Escondiéndome? –repitió ella.

Su voz encajaba con su aspecto: profunda, ronca, muy femenina.

–Eso parece.

–No, no estoy escondiéndome –Bethany dio otro paso atrás para que no pudiese ver el vestido.

No sabía quién era aquel hombre, pero si fuese un amigo habría sabido inmediatamente que ella no era Amelia Doni, la propietaria del apartamento, una mujer de más de cuarenta años. Pero, aunque no lo fuese, tal vez le parecería extraño que una chica de veintiún años que se ganaba la vida cuidando los apartamentos de los demás llevase un vestido de diseño.

–No, es que me sorprende tener visita... perdona, no sé cómo te llamas...

–Cristiano de Angelis.

Cristiano esperó ver en sus ojos un brillo de reconocimiento porque cualquiera que viviese en Roma conocería el apellido. Y se preguntó cómo era posible que no hubiese visto nunca a aquella chica en alguna de las innumerables reuniones sociales a las que acudía cada vez que volvía a Roma. La suya era una cara que sin duda recordaría. No era la típica belleza italiana, aunque hablaba muy bien su idioma. Parecía... ah, claro, era extranjera. Por eso no la conocía.

–Ahora que me he presentado tal vez podrías decirme si estoy en el apartamento que busco... ¿el de la *signora* Doni?

–Sí, sí, claro. Pero no me has dicho que haces aquí.

Cristiano le mostró la orquídea, cuya existencia había olvidado por completo.

–De parte de mi madre.

Bethany intentó disimular un suspiro de alivio. Por suerte, no sabía quién era. Estaba haciendo un recado y no conocía a Amelia Doni, de modo que tampoco sabría que ella había aprovechado su temporal estancia allí para probarse vestidos que no eran suyos.

–Ah, genial. Gracias –respondió, alargando la mano.

«¿Genial?». «¿Gracias?». ¿No debería invitarlo a entrar? Al menos debería mostrar cierto interés.

–Es un poco ridículo tener esta conversación en el rellano –dijo Cristiano entonces–. ¿Por qué no me invitas a entrar? Después de todo, he tenido que soportar el calor de las calles de Roma para traerte esta flor. Me vendría bien un refresco.

Aun así, la joven estuvo unos segundos debatiéndose sobre si debía dejarlo entrar o no.

–Puede que no hayas oído hablar de mí, pero te aseguro que la familia De Angelis es muy conocida en Roma –la animó Cristiano.

Aunque no sabía por qué lo estaba haciendo. Él no había tenido que darle su currículo a ninguna mujer. De hecho, ¿cuándo fue la última vez que una mujer lo miró como si tuviera miedo de que fuese atacarla? Nunca, jamás.

–No, bueno... es que me han educado para que no hable con extraños.

–Pero yo me he presentado, de modo que ya no soy un extraño. Y también conoces a mi madre.

Su sonrisa produjo un extraño efecto en Bethany que, de repente, tenía serias dificultades para respirar. Y eso no era algo que le ocurriese a menudo. De hecho, siempre se había sentido cómoda con el sexo opuesto. Entre su intelectual hermana mayor y una hermana pequeña tan guapa que había tenido chicos esperándola en la puerta desde los once años, Bethany siempre había ocupado el lugar del medio, contenta con ser razonablemente inteligente y tener un aspecto físico más o menos atractivo.

Desde esa posición tan cómoda había podido observar a Shania en su mundo de libros y novios intelectuales y a Melanie cambiando de novio con la misma frecuencia que otras mujeres cambiaban de vestido. Había aprendido a hablar con los chicos de tú a tú, fuesen eruditos como los novios de Shania o guapísimos como los novios de Melanie. Y por eso le extrañaba que aquel hombre alto, moreno y apuesto la dejase sin palabras.

–Bueno, supongo que puedes pasar un momento a tomar un vaso de agua –dijo por fin–. Sé que hace mucho calor en la calle.

–Bonito apartamento –comentó Cristiano, mirando alrededor. Él había crecido en un palacio y la riqueza de otras personas no lo había impresionado nunca, pero aquel sitio tenía un toque muy chic–. ¿Desde cuándo vives aquí?

Se había dado la vuelta para mirarla y el impacto que sufrió fue tal que durante un segundo se quedó sin habla. Sus ojos eran del verde más claro que había visto nunca y la melena roja era un tremendo contraste con su piel de porcelana. Las pecas en la nariz, paradójicamente, le daban simpatía a su belleza, evitando que fuera sólo una cara bonita.

No sabía por qué se había escondido al abrir la puerta, ya que tenía un cuerpazo: esbelto, pero de amplio busto y curvas marcadas. Y, a juzgar por el vestido que llevaba, aquella chica tenía muy buen gusto.

–¿Desde cuándo vivo aquí? –repitió Bethany–. Pues... no hace mucho tiempo. Bueno, voy a buscar un vaso de agua. Si no te importa quedarte aquí... no tardaré mucho.

–Parece que vas vestida para salir. ¿Te he pillado en mal momento?

No le ocurría a menudo que tuviera que esforzarse para conquistar a una mujer y mucho menos que su respuesta ante una fuese tan inmediata. Pero estaba disfrutando de ambas cosas.

–¿Para salir? –repitió ella, mientras se dirigía a la cocina, sus tacones prestados repiqueteando sobre el suelo de madera.

–¿Siempre estás tan nerviosa?

Bethany, que estaba sacando una botella de agua mineral de la nevera, dio un salto porque no sabía que la hubiera seguido hasta allí.

–Qué susto me has dado. Toma, el agua –le dijo, sacando un vaso del armario y poniéndolo en su mano.

–¿Tienes un nombre de pila, *signora* Doni? –preguntó él. Sacarle algo a aquella mujer era como ir al dentista.

–¿Por qué quieres saber mi nombre?

En la mente de Bethany apareció una serie de horribles consecuencias. Aquel trabajo había sido en principio para una pariente de la propietaria, que era amiga de Amy. Bethany no sabía bien por qué esa responsabilidad había recaído después sobre su amiga, que a su vez se la había pasado a ella porque había conocido a un chico y no le apetecía pasar las vacaciones en Roma. Y ella estaba encantada porque así podía practicar el italiano en la ciudad más maravillosa del mundo y, además, viviendo gratis en un sitio que no podría permitirse nunca. ¡Y además le pagaban por hacerlo!

Revelar su identidad podría ser el primer paso para meterse en un aprieto y también a Amy y a su amiga, de modo que no podía decírselo.

–¿Te encuentras bien?

–Sí, sí...

–Te has puesto colorada. Tal vez sea el calor.

–Sí, es por el calor.

–Tú no eres italiana, así que imagino que no estarás acostumbrada. ¿Usas este apartamento para venir a Roma de vacaciones?

¿La gente tenía casas de vacaciones tan lujosas? ¿Con mármol por todas partes y cuadros que debían valer una millonada? ¡Y un vestidor lleno de ropa de diseño!

–Yo tengo varias –dijo él entonces.

–¿Ah, sí?

–En París, Nueva York y Barbados. Por supuesto, uso los apartamentos de París y Nueva York cuando voy a trabajar allí. Me gusta más que alojarme en un hotel –Cristiano tomó un trago de agua y dejó el vaso sobre la encimera–. Y tu nombre es...

–Amelia –contestó Bethany, cruzando los dedos a la espalda.

–¿Y dónde vives el resto del año, Amelia Doni?

–En Londres.

–No eres muy habladora, ¿verdad? –Cristiano no podía dejar de sonreír–. Imagino que eres soltera porque no veo una alianza en tu dedo.

Bethany tragó saliva.

–Si has terminado con el agua...

En lugar de sentirse halagada, parecía molestarle su presencia y eso enfadó a Cristiano.

–¿Cuánto tiempo llevas aquí? –le preguntó, tal vez porque, perversamente, cuanto más quería ella echarlo, más decidido estaba él a conocerla mejor.

La joven se encogió de hombros, murmurando algo así como: «poco tiempo».

–Pero has estado aquí el tiempo suficiente como para ayudar en la cena benéfica.

–¿Qué cena benéfica?

–La orquídea que hemos dejado en la mesa del pasillo es un regalo de mi madre por ayudarla en la cena benéfica. La habría traído ella misma, pero se marcha al campo esta tarde y no volverá en unas semanas.

–Ah, ya –murmuró Bethany, sabiendo que debía parecer tonta.

–Tenemos una casa en el campo –siguió él, divertido por su total falta de interés–. La temperatura es más agradable en las colinas que en la ciudad.

–Sí, sí, claro, ya me imagino. Por favor, dale las gracias de mi parte.

–¿Qué hiciste en la cena benéfica?

–¿Eh? Ah, pues... mira, es que yo prefiero no hablar de cosas del pasado. Soy de las que viven el día a día.

–Ah, la clase de persona que más me gusta –dijo Cristiano–. Mira, no tengo que volver a Londres hasta mañana. ¿Por qué no cenamos juntos esta noche?

–¿Qué? No, no, no –Bethany estaba perpleja porque, por un lado, le daba pánico que averiguase quién era y, por otro, estaba deseando aceptar la invitación. No sabía si porque estaba en Italia, lejos de su casa, pero nada de lo que hacía en Roma tenía que ver con su verdadera personalidad–. Yo creo que lo mejor es que te vayas.

–¿Por qué? ¿Esperas a alguien? ¿Un hombre?

–No, no espero a nadie –Bethany salió de la cocina y se dirigió al pasillo. No le gustaba mentir y sabía que era sólo cuestión de tiempo que metiese la pata.

–Bueno, a ver si lo entiendo: no estás saliendo con nadie y no estás esperando a nadie. Entonces, ¿por qué no quieres cenar conmigo?

–Oye, me parece un poco grosero que me invites a cenar sin conocerme.

–¿Quieres decir que no te sientes halagada?

–Lo que quiero decir es que no te conozco.

–Pues cenar juntos sería una buena manera de conocernos, ¿no te parece?

Cristiano observó, atónito, que la joven ponía la mano en el picaporte. ¡Le estaba enseñando la puerta, literalmente!

–No, mejor no. Pero gracias por la invitación. Y

por la orquídea, claro. Cuidaré de ella, aunque nunca se me han dado bien las plantas.

–Qué curioso, a mí tampoco –Cristiano se apoyó indolentemente en la puerta para que no pudiese abrirla–. Ya tenemos algo en común.

–¿Haces esto a menudo? –le preguntó Bethany, con el corazón acelerado.

–¿A qué te refieres?

–A ir a casa de alguien e invitarlo a cenar. No es que sea una grosería, pero debes admitir que es un poquito raro, ¿no? No me conoces de nada y... en fin, podría ser cualquiera.

–Sí, es verdad –admitió Cristiano, pensativo– podrías ser cualquiera. Una psicópata, una asesina o algo peor, una buscavidas. Pero conoces a mi madre y eres la dueña de este apartamento. Los asesinos, los psicópatas y las buscavidas probablemente no se dedican a las cenas benéficas ni tienen casas en la mejor calle de Roma, así que no creo que deba tener ningún miedo.

Bethany estaba empezando a marearse. ¿Conocer a su madre? ¿La dueña del apartamento?

–Y admítelo, tarde o temprano tendrás que cenar.

–La verdad es que no me gusta comer fuera, prefiero cocinar yo. En Italia hay tantos ingredientes maravillosos que resulta divertido experimentar.

–Muy bien, entonces vendré a cenar aquí.

–¿Qué? –Bethany miró el atractivo rostro masculino y tuvo la sensación de estar caminando al borde de un precipicio. El paisaje era maravilloso, pero la caída podría matarla–. No puedes venir aquí.

–Pues claro que puedo –Cristiano se encogió de

hombros. Bendecido con una mezcla letal de atractivo físico, cerebro y dinero, aún no había conocido a una sola mujer que se le resistiera y se negaba a aceptar que la que tenía delante fuese una excepción–. Puedo venir a cenar aquí o recogerte a las ocho para cenar fuera.

–¿Por qué quieres cenar conmigo? ¿Tu madre te ha pedido que lo hicieras?

–¿Mi madre? –repitió él, frunciendo el ceño–. Mi madre no tiene nada que ver con mi vida personal y, además, estará en el campo dentro de unas horas –Cristiano se apartó de la puerta sin dejar de mirarla a los ojos.

Tenía una piel preciosa, casi transparente, incluso sin maquillaje. Su madre apenas le había contado nada sobre Amelia Doni, ¿pero por qué iba a hacerlo? Aparentemente, sólo era la amiga de una conocida que había sido prácticamente secuestrada para ayudar en la cena benéfica. De ahí la orquídea; una manera cara pero nada personal de demostrar agradecimiento. Además, afortunadamente no había intentado convencerlo para que la invitase a cenar porque de haberlo hecho con toda seguridad habría salido corriendo.

–Todas las madres están interesadas en las vidas de sus hijos –Bethany estaba tan azorada que eso fue lo que le salió de repente, pensando que su madre seguía mandándole paquetes de comida desde Irlanda porque temía que muriese de hambre en la universidad.

–En lo que se refiere a las mujeres, prefiero mantener mi intimidad –Cristiano abrió la puerta para no darle oportunidad de discutir. Le gustaba aquella chica y, lo más importante, su antena estaba captando vibraciones muy interesantes.

No entendía por qué rechazaba una invitación tan inocente pero, fuera por la razón que fuera, se sentía intrigado. Claro que podría estar haciéndose la dura, aunque lo dudaba. Tenía un rostro muy expresivo. De hecho, no había visto uno tan expresivo desde... francamente, no se acordaba.

–Debería advertirte que suelo salirme con la mía –dijo luego.

–Y quieres cenar conmigo.

–Eso es –Cristiano le regaló una de esas sonrisas que acelerarían el corazón de cualquier chica. Y luego tomó su mano y la rozó con los labios, en un gesto puramente italiano que la dejó emocionada.

–Sí, bueno, pero tendría que ser temprano...

–¿Tienes que volver a casa antes de las doce para no convertirte en calabaza?

Bethany notó que le ardían las mejillas. No sabía por qué había aceptado la invitación, tal vez porque cuando aquel hombre sonreía sentía un traidor cosquilleo que empezaba en la nuca y terminaba en los dedos de los pies. Y seguía sintiendo ese cosquilleo cuando desapareció.

Pero cuando se miró en el espejo del vestidor la realidad la asaltó con implacable claridad y decidió llamar a Amy al móvil.

Tuvo que contener un suspiro de impaciencia cuando su amiga empezó a darle un discurso sobre su novio y sobre lo fabulosa que era Florencia, que aún no habían visto porque no salían de la cama.

–Amy, tengo un pequeño problema...

–¡No, por favor! ¡Dime que el apartamento no se ha incendiado!

–No, no es eso. Pero ha venido alguien y... –el tentador vestido parecía mirarla tristemente desde el espejo mientras le contaba a su amiga lo que había pasado.

–Bueno, no pasa nada, ¿no?

–¿Cómo que no?

–Pues verás...

Media hora después, Bethany se quitaba el vestido y lo dejaba sobre la cama, pensando en lo que le había contado su amiga.

Catrina, la ahijada de Amelia Doni, estaba en Londres, en una clínica de rehabilitación. Su madrina, que estaba haciendo un crucero, no sabía nada y no debía saberlo nunca. Por eso Amy iba a quedarse en el apartamento. Pero su amiga, que era una cabeza loca, se olvidó del asunto en cuanto el amor asomó a su puerta.

Afortunadamente, ella estaba en Roma en ese momento. Bethany, la siempre seria y responsable Bethany. La clase de chica que disfrutaba leyendo y para quien tomar tres copas de vino equivalía a una borrachera.

Ahora, mientras miraba el vestido que había dejado sobre la cama, se preguntó qué había sido de esa chica.

Lo más atrevido que Bethany había hecho nunca era probarse un vestido que no era suyo, pero una hora antes había aceptado una invitación a cenar con un guapísimo, rico y sofisticado italiano. Tendría que hacerse pasar por una mujer rica con un lujoso apartamento en Roma; una mujer que usaba vestidos que costaban un dineral...

¿Por qué no?, se preguntó. De ese modo estaría ayudando a Amy y a Catrina. Nadie debía saber que Catrina estaba en una clínica de rehabilitación en el Reino Unido y lo último que necesitaban era que un italiano que tenía relación con Amelia Doni empezase a hacer preguntas.

Bethany sintió una oleada de inesperada emoción. Sólo iba a pasarlo bien durante un par de horas, no iba a hacerle daño a nadie.

Capítulo 2

BUENO, cuéntame algo sobre ti misma.

La pregunta era inevitable, pero Bethany tuvo que tragar saliva. Después de la euforia inicial se había dado cuenta de que iba a cenar con un hombre guapísimo haciéndose pasar por alguien que no era. Y que tendría que representar el papel.

Entre la despedida de Cristiano y el sonido de su voz por el telefonillo cuatro horas después, cuando fue a buscarla, había tenido mucho tiempo para pensar que un hombre como él, sofisticado, elegante, mundano y extraordinariamente guapo, nunca se habría fijado en una chica como ella en circunstancias normales. De hecho, jamás se habrían conocido en circunstancias normales.

Bethany, que al final se había puesto su propia ropa porque salir de casa con la de otra persona le había parecido demasiado descarado, se preguntó cuál sería la mejor manera de responder.

Y, por fin, se le ocurrió una vaga y tonta respuesta sobre que era algo así como un espíritu libre.

–¿Qué significa eso? –le preguntó Cristiano.

Lo intrigaba aquella chica y debía reconocer que no había podido dejar de pensar en ella. Y cuando las puertas del ascensor se abrieron y atravesó el vestíbulo para reunirse con él había tenido que tragar saliva. No llevaba diamantes ni perlas. Ni siquiera el precioso vestido de antes. Se había puesto unos pantalones vaqueros, mocasines y una blusa de color azul. Y le gustaba. Había que tener mucha seguridad en uno mismo para elegir la comodidad por encima del lujo y ser muy sexy para que te quedase bien.

–¿Qué significa? –Bethany había dejado de mirarlo como una adolescente atolondrada y empezaba a relajarse un poco–. Lo dices como si llevaras toda tu vida metido en una burbuja.

–En una burbuja... –Cristiano la miró, pensativo–. Bueno, supongo que crecí en una especie de burbuja, sí. Cuando perteneces a una familia como la mía se supone que debes hacer ciertas cosas...

–¿Por ejemplo?

–No me digas que a ti no te ha pasado lo mismo. Es un cierto estilo de vida al que uno se acostumbra desde pequeño.

Bethany pensó en su casa, siempre llena de gente, con novios entrando y saliendo, los dos perros y tres gatos y el caos general en que habían consistido sus años de formación.

–Yo no soy nada conformista –le dijo, con toda sinceridad–. Tampoco es que sea una loca ni nada parecido, pero nunca se me ha dicho lo que debía ser o cómo debía comportarme.

–Tal vez las cosas se hagan de manera diferente en tu país. Yo siempre he sabido lo que me esperaba en el futuro.

–Pues no creo que eso sea muy agradable.

–¿Por qué no? –preguntó Cristiano. Le parecía

fascinante que dijera eso. Tal vez porque incluso las mujeres más ricas se habían quedado impresionadas por su poder y sus privilegios–. ¿Desde cuándo no es agradable tener el mundo a tu disposición?

–Nadie tiene el mundo a su disposición –Bethany rió mientras iban hacia su coche, aparcado frente al portal.

–Te sorprenderías.

Bajo esa capa de humor, Bethany creía detectar el implacable tono de un hombre acostumbrado a conseguir todo lo que quería y eso le produjo un ligero escalofrío.

–Tú crees que lo tienes a tu disposición porque todo el mundo te dice que sí. Creo que ése es uno de los problemas de tener demasiado dinero.

–¿Demasiado dinero? –repitió él–. Nunca había oído esa frase en labios de una mujer.

La verdad era que resultaba muy agradable estar con una chica que, a pesar de ser rica, tenía cierta conciencia social, pensó.

Y Bethany decidió que si iba a aprender algo con Cristiano de Angelis, ¿por qué no podía él aprender algo de ella? Al fin y al cabo, no había nada que perder. Intuía que no era un hombre cuyas opiniones se hubieran cuestionado a menudo. De hecho, a juzgar por cómo había conseguido que aceptase su invitación, parecía creer que el mundo entero estaba a sus pies y sin discusiones.

–¿Con qué clase de mujeres sales tú? –le preguntó, fascinada por aquella exótica criatura. Sus ojos eran tan oscuros como la melaza, rodeados de larguísimas pestañas, y su oscuro pelo ondulado era un poco demasiado largo pero no tanto como para parecer desaliñado. Al contrario.

Cristiano rió, alargando una mano para tocar sus rizos.

–Siempre morenas, aunque empiezo a preguntarme por qué. ¿Es tu pelo de verdad?

–¡Pues claro que sí! No todo el mundo se tiñe el pelo.

–Pero muchas mujeres lo hacen –murmuró Cristiano pensando que era increíblemente sedoso.

–En otras palabras, que sólo sales con morenas que se tiñen el pelo.

–Suelen compartir otras características –dijo él, intentando contener el deseo de abrazarla. Pero, para evitar la tentación, soltó su pelo y dio un paso atrás–. Largas piernas, una cara bonita, el apellido adecuado...

–¡El apellido adecuado!

Cristiano se encogió de hombros.

–Eso es importante –admitió–. La vida ya es suficientemente estresante sin tener que preguntarte si la mujer que comparte tu cama está realmente interesada en ti o en tu cuenta corriente.

Bethany sintió que se le encogía el estómago, aunque ella no estaba en absoluto interesada en su cuenta corriente

–A lo mejor eres un poco inseguro.

–¿Un poco inseguro? –repitió Cristiano, mirándola con gesto de incredulidad–. No, la inseguridad no ha sido nunca uno de mis problemas. Y, por favor, dime que no vas a pasar toda la noche intentando analizarme.

–¿Dónde vamos a cenar? –preguntó Bethany para cambiar de tema.

Y cuando él nombró uno de los restaurantes más famosos de Roma miró sus pantalones vaqueros con cara de angustia. Primera lección sobre cómo funcionaban los ricos: olvidándose por completo de las convenciones sociales.

Porque era evidente que a Cristiano no le parecía mal que fuese en vaqueros. Él mismo llevaba un pantalón de sport y una camisa blanca que en cualquier otro hombre parecería corriente, pero que a él le daba un aspecto increíblemente sexy.

–Prefiero no ir en vaqueros a un sitio tan lujoso.

Además, sospechaba que entrar del brazo de Cristiano en un restaurante tan conocido la convertiría en el objeto de todas las miradas y a ella no le gustaba particularmente ser el centro de atención. Especialmente ahora, cuando eso podría convertirse en un problema. ¿Y si le presentaba a algún amigo? El mundo de los ricos y famosos era reducido y alguien podría descubrir que era una impostora.

–Yo te veo muy guapa.

–No tanto como para ir a ese restaurante.

–No te preocupes, yo conozco al propietario y te aseguro que no le importaría que apareciese con una mujer vestida con un saco de patatas.

–Que puedas salirte siempre con la tuya no te da derecho a hacerlo –dijo Bethany entonces.

–¿Por qué no?

–Porque es importante respetar a los demás.

Al menos, así era como la habían educado a ella.

Cristiano la miraba como si se hubiera convertido

en un ser de otro planeta y Bethany se puso colorada. Aunque seguramente ruborizarse como una niña era contravenir otra de las reglas de los ricos.

–Ah, una chica de la alta sociedad con principios –murmuró–. Me gusta. Es raro conocer a una mujer que se atreva a decir ciertas cosas en ciertos círculos.

En realidad, a las mujeres con las que salía normalmente les importaba un bledo lo que ocurriera a su alrededor. Eran ricas, vivían como princesas y les parecía un derecho adquirido ser continuamente halagadas y obedecidas por todos.

Y jamás pisarían Chez Nico sin ir vestidas para matar. De hecho, jamás salían de casa sin ir vestidas para matar porque la apariencia lo era todo.

–Yo no soy una chica de la alta sociedad –protestó Bethany.

–¿Ah, no? Tienes menos de treinta años y eres la propietaria de un lujoso apartamento en el centro de Roma que usas sólo cuando vienes a pasar unos días de vacaciones. Siento tener que decírtelo, pero eso significa que eres una chica de la alta sociedad.

–Ya te he dicho que las cosas no son así... en mi mundo.

–¿Y qué mundo es ése?

–Tú no lo conoces, es un sitio pequeño en Irlanda... en medio de ninguna parte.

–¿Un sitio pequeño con una gran mansión? –bromeó Cristiano.

–Sí, bueno, hay una gran mansión...

Años antes, su madre había ido a limpiar allí una Navidad porque necesitaba algo de dinero extra. Era una mansión enorme con torreones, pero tenía un aspecto desolado y aterrador.

–Entonces debes ser medio italiana... ¿qué mitad?

Bethany sonrió.

–¿Siempre haces tantas preguntas?

–No, pero es que no suelo tener que sacar la información con sacacorchos –Cristiano soltó una carcajada–. En realidad, a la mayoría de las mujeres que conozco les encanta hablar de sí mismas.

–¿Para impresionarte?

–¿Quieres que te diga la verdad o debo hacerme el modesto?

–Estás muy seguro de ti mismo, ¿eh?

–Yo prefiero pensar que soy realista –Cristiano estaba disfrutando de la conversación. Había tenido que esforzarse para convencerla de que cenase con él y eso era algo nuevo. Además, resultaba impredecible–. ¿Tú no quieres impresionarme? –le preguntó entonces en voz baja, en un tono que la hizo sentir escalofríos.

–¿Por qué iba a hacerlo?

Estaba intentando disimular, pero se daba cuenta de que aquélla no era una simple cita con un desconocido. Sentía como si estuviera entrando en su alma, abriendo puertas que no sabía que existieran.

–Porque yo siento el extraño deseo de impresionarte a ti –le confesó Cristiano.

Y le parecía raro porque no era eso lo que pretendía cuando la invitó a cenar. En realidad, había pensado que sería una interesante aventura de una noche y nada más. Si no lo reconociera sería un hipócrita. Al fin y al cabo, no iban a volver a verse.

–¿Por qué no me dices qué haría falta...?

Su voz era casi una caricia, como el burlón brillo de sus ojos, aunque estaba apoyado en la puerta del coche, sin rozarla. Bethany no tenía intención de acostarse con él y si hubiera intentado invadir su espacio se habría apartado enseguida. Pero había algo muy erótico en esa contención suya. Aunque la hacía pensar que seguramente saldría corriendo si supiera de su humildes orígenes. Cristiano de Angelis podía considerarse a sí mismo un hombre de mundo, pero esos prejuicios demostraban que no lo era tanto.

–Podríamos dar un paseo. Roma está llena de sitios preciosos. Y luego podríamos cenar en algún sitio alegre y sencillo, una pizzería. Yo conozco una buenísima que no está muy lejos del Coliseo.

–Sí, claro, ¿por qué no? Hace siglos que no voy a esa parte de la ciudad, desde que era un adolescente. De hecho, creo que conozco ese sitio. ¿Tiene un toldo de rayas rojas y blancas?

–¡Sí!

–¿El propietario es grueso y lleva bigote?

–Ha perdido peso desde tus años adolescentes –contestó Bethany, riendo–. Pero sigue llevando bigote. ¿Solías ir allí con tus amigos?

–Antes de tener que enfrentarme con la vida real.

–¿Qué quieres decir con eso?

–Primero la universidad y luego trabajar con mi padre. No hay mucho tiempo para ir a sitios como ése cuando tienes que construir un imperio.

Cristiano estaba encantado con ella. Le gustaba que fuese tan directa, tan franca. Esos juegos a los que jugaban algunas mujeres podían acabar cansando.

–Y ahora sólo vas a restaurantes carísimos.

–Donde no sirven pizza.

–Pobrecito –Bethany rió, pero cuando sus ojos se encontraron sintió que le ardía la cara porque en la mirada de Cristiano había una clara invitación.

–Condenado a una vida sin pizza, es una pena –dijo él, suspirando dramáticamente–. De acuerdo, iremos a tomar esa pizza, pero en lugar de ir andando iremos en coche. Enrico gana demasiado, se lo digo siempre. ¿Por qué voy a pagar a alguien que no hace nada?

–¿Quién es Enrico?

–El chófer de mi madre –contestó él, mirándola con sorpresa–. No me digas que tú no tienes chófer en Londres.

–Varios –contestó Bethany, pensando en los conductores de autobús que la llevaban a diario del apartamento a la universidad.

–Estupendo, entonces está decidido.

Se sentía como una princesa cuando entró en el Mercedes. Una princesa cuyo atuendo no cuadraba con los lujosos asientos de cuero y los paneles de madera de nogal. Bethany tuvo que hacer un esfuerzo para no pasar las manos por los asientos, tan suaves como la seda, porque, naturalmente, debería estar acostumbrada a esos lujos.

Desde allí, la ciudad le parecía de su propiedad. Era lógico que aquel hombre se sintiera tan seguro de sí mismo, pensó. Diez minutos en el coche y ella misma empezaba a sentirse parte de la realeza.

Cuando los sentaron a una mesa al fondo de la pizzería, Bethany no podía dejar de notar las miradas que otras mujeres lanzaban sobre él. Pero Cristiano, ocupado haciendo un juicio sobre la falta de cambios en el local, no parecía notarlo. Y Bethany tuvo que reír mientras lo acusaba de ser un esnob por criticar los manteles de cuadros.

–¿Yo, un esnob? –exclamó él, falsamente indignado.

–Sí, tú –el camarero les había llevado una botella de vino y Bethany ya se había tomado una copa. Tal vez eso le daba valor para criticarlo a la cara–. Muchísima gente viene a este sitio porque la comida es sencilla y abundante.

–Pero todo eso estaría mejor si modernizasen la decoración.

–A ti te gustan los manteles de hilo blanco y los camareros que te sirven el vino, ya lo sé. Pero no a todo el mundo le gustan las mismas cosas.

–Te aseguro que compartirían mis gustos si tuviesen oportunidad.

–Pues yo prefiero un ambiente rústico.

–¿Tan rústico como este sitio? Creo que esas botellas de vino con velas son de cuando yo venía por aquí. Y tienen la misma cantidad de polvo... ¡no veinte años más de polvo!

–¡Estoy cenando con un anciano! –Bethany no podía de dejar de reír mientras Cristiano volvía a llenar su copa.

–Te sorprendería lo que este anciano es capaz de hacer –le advirtió él.

–¿Por ejemplo? –Bethany se sentía como si fuera otra persona, como si estuviera viviendo otra vida, una en la que no se aplicaban las reglas normales.

–Llevar un imperio que tiene oficinas en todos los países del mundo, por ejemplo. Hay que ser muy fuerte para eso. Y luego está el deporte, la rutina del gimnasio, por no hablar del esquí, el polo y un vigoroso partido de squash una vez a la semana.

–Ah, sí, impresionante para alguien que debería estar en un geriátrico –bromeó ella.

Intentaba bromear, pero por dentro experimentaba un deseo que no había sentido nunca por ningún hombre. Claro que no tenía mucha experiencia. Aparte de algún beso, y de algún manoseo ocasional, no sabía mucho sobre el tema. Nunca le había visto la gracia a perder su virginidad sólo porque eso era lo que hacía todo el mundo. La tentación de hacerlo con aquel hombre, sin embargo, la hacía sentir como si no fuera ella misma.

–Y luego está el sexo –siguió Cristiano, sin dejar de mirarla a los ojos–. Nunca he tenido quejas.

–Oh, no... –colorada hasta la raíz del pelo, Bethany tomó un trago de vino para calmarse–. Estábamos diciendo que eras un esnob.

–Y yo estaba defendiéndome. Es imposible encontrar a alguien menos esnob que yo.

Los nervios de Bethany empezaron a calmarse cuando dejó de mirarla a los ojos.

–Muy bien. ¿Alguna vez comes en algún sitio que no sea caro?

–¿Te refieres a uno de esos sitios asquerosos donde sirven grasientas hamburguesas? No.

–¿Y vas al cine?

–Pues la verdad es que últimamente no –admitió

él, sorprendido al darse cuenta de que hacía años que no iba al cine.

–Pero seguro que vas al teatro y a la ópera.

–Muy bien –Cristiano levantó las dos manos en señal de rendición–. Soy un esnob, es cierto, lo admito.

El camarero les había llevado los platos, pero ninguno de los dos se había dado cuenta. De hecho, aunque la pasta olía de maravilla, parecía una intrusión en una conversación inesperadamente divertida.

–Pero no, ahora en serio –Cristiano probó sus espagueti, que no se parecían nada a las diminutas porciones que servían en los restaurantes de cinco tenedores, en general como acompañamiento de otro plato–. Imagino que debe resultar fácil ser una izquierdista radical cuando se tiene el confort del dinero para apoyar los ideales.

–¿Qué quieres decir? –por un segundo, Bethany olvidó que estaba haciendo un papel.

Pero él se lo recordó de inmediato.

–Que es fácil decir que uno es un espíritu libre cuando se puede elegir entre los dos mundos. Sí, vienes a pizzerías como ésta, pero si te aburres tomas un taxi y vas a un restaurante con una estrella Michelín. Y no olvidemos tu apartamento. El dinero puede comprarte el lujo de fingir que eres una persona normal, sin las crudas realidades que acompañan a eso.

Bethany abrió la boca para contradecirlo, pero la cerró enseguida. Entendía la ironía de la observación y, dadas las circunstancias, no podía refutarla.

–No soy una izquierdista radical. En serio.

–Y yo no soy un esnob. En serio –Cristiano le regaló una de esas sonrisas que la dejaban sin aire–. Buena comida –dijo luego, levantando el tenedor–. Puede que algún día vuelva por aquí.

–¿Seguro que las chicas con las que sales vendrían a un sitio como éste?

En realidad, no le hacía ninguna gracia imaginarlo con otra mujer, ni allí ni en su restaurante favorito.

–Tal vez no –admitió Cristiano–. Y por eso tú eres única.

–No lo creas. Deberías ver este sitio a medianoche. Hay una cola de kilómetros para entrar. Si yo soy única también lo son los cientos de personas que vienen aquí todos los días.

–Tú sabes a qué me refiero.

Sí, lo sabía.

–Dices que no eres un esnob, pero ¿estarías conmigo si no fuese única?

–¿Qué quieres decir?

–Digamos que yo fuera una chica normal, una chica de clase trabajadora, ¿estarías aquí conmigo?

Le parecía una hipótesis extraña, pero Cristiano estaba dispuesto a seguirle el juego porque, francamente, nunca había conocido a nadie como ella. No era nada caprichosa, ni egocéntrica, al contrario.

Además, nunca se había hecho esa pregunta.

–Probablemente no, si quieres que sea sincero.

–¿Por qué?

–Porque, como he dicho, un hombre rico debe ser muy cauteloso. Yo nunca tendría una relación con una mujer que no fuese económicamente independiente. Si te casas sin sopesar eso, casi con toda seguridad acabarás en los tribunales, soltando una buena cantidad del dinero que tanto te ha costado ganar. ¿Pero por qué perdemos el tiempo hablando de una situación hipotética?

–Tienes razón –Bethany estaba haciendo el papel de princesa y no pensaba estropear la noche con una discusión que no los llevaría a ningún sitio.

Si aquella noche era Cenicienta en el baile, ¿por qué iba a llamar a la calabaza para que fuese a buscarla cuando aún no era medianoche?

Cristiano tenía derecho a opinar como quisiera y a protegerse como le viniera en gana, aunque de ese modo se perdiera otras experiencias.

–Bueno, si hemos terminado de estudiar nuestras posiciones sociológicas deberíamos hablar de temas más ligeros –dijo él entonces, mientras le hacía un gesto al camarero–. ¿Quieres que vayamos a otro sitio?

–¿Dónde? No conozco ninguna discoteca en Roma.

Y seguramente tampoco tendría dinero para pagar la entrada.

–Yo estaba pensando en un sitio más íntimo. Mi casa está a menos de veinte minutos de aquí.

No apartaba los ojos de ella y estaba bien claro que tenía intención de terminar la noche en la cama. Una aventura de una noche. Sus hermanas se quedarían de piedra, sus padres se llevarían las manos a la cabeza, sus amigas pensarían que había sido abducida por un ser que se parecía a ella y hablaba como ella, pero vivía en otro planeta. Y, sin embargo, el deseo de decir que sí era casi irresistible.

La hacía sentir tan sexy cuando la miraba como si fuese la única mujer en el planeta. Tanto que podía sentir un extraño calor entre las piernas...

–Por supuesto, también puedo pedirle a Enrico que te lleve de vuelta a casa –dijo Cristiano entonces, porque no estaba acostumbrado a tener que convencer a una mujer.

–¿Te enfadarías mucho?

–No, pero tendría que darme una ducha fría.

Bethany lo imaginó bajo la ducha, el rostro levantado, su fabuloso cuerpo desnudo bajo el agua...

Sólo con pensar en eso tenía que hacer un esfuerzo para respirar.

–¿Quieres acostarte temprano?

–No, yo nunca me acuesto temprano. Necesito muy pocas horas de sueño.

Y eso la hizo pensar en ellos dos haciendo el amor una y otra vez, tumbados en una cama gigante que seguramente tendría sábanas de algodón egipcio y no sábanas de mercadillo como las suyas. Ella, que siempre había sido una chica normal, parecía haberse convertido en una desvergonzada criatura en cuestión de unas pocas horas. Nunca había tenido que luchar contra el deseo de acostarse con un hombre, de modo que había sido fácil achacar su soltería a los principios morales.

–Bueno, pero hay algo que...

Cristiano sabía cuándo estaba siendo amablemente rechazado y, aunque no sería el fin del mundo, se llevaría una gran decepción. Claro que la noche había sido mucho más agradable de lo que había anticipado. Normalmente se aburría con las chicas con las que salía, pero aquella noche había estado encantado de charlar con ella, de tener una compañera que lo hacía pensar y lo retaba con preguntas que no se había hecho nunca.

–Soy todo oídos –le dijo, después de pagar la cuenta, echándose hacia atrás en la silla.

–Yo no soy... bueno, no soy la chica más experta del mundo.

Él se echó hacia delante, sorprendido.

–No te entiendo.

–¿Qué es lo que no entiendes?

–No sé qué quieres decirme.

–Porque no me estás escuchando –lo regañó Bethany–. Bueno, verás, sé que te has hecho cierta idea sobre mí... pero no soy como esas otras chicas con las que sales.

Luego respiró profundamente y, durante unos segundos, contempló la idea de contarle la verdad. ¿Se reiría? ¿La perdonaría? No, pensó entonces. Se quedaría horrorizado. Cristiano no salía con chicas que no eran de su mundo, lo había dejado bien claro. Y ella no quería dejar pasar esa oportunidad. No sabía por qué era así, pero así era. Cristiano le gustaba mucho, más que ningún otro hombre que hubiera conocido, y quería estar con él.

–Verás, lo que quiero decir... –Bethany se aclaró la garganta– es que soy virgen.

Capítulo 3

SOY VIRGEN».

Las dos únicas palabras que contenían cierta verdad en toda una sarta de mentiras y engaños.

Cristiano aparcó el Land Rover que había alquilado en Limerick y miró la casita al final de la calle.

Habían pasado cinco meses desde que desapareció sin decir nada y cinco semanas desde que descubrió que le había mentido. Amelia Doni no era una chica de veintiún años con el pelo rojo, pecas en la nariz y un carácter tan simpático como para hacerlo cancelar su viaje de vuelta a Londres y llevarla a Barbados en un jet para pasar dos semanas de vacaciones. Amelia Doni, cuando se encontró con ella en casa de su madre en Navidad, era una mujer rubia de unos cuarenta años que había estado disfrutando de un crucero durante cuatro meses. Era el paradigma de la mujer de clase alta y lo aburrió por completo en dos minutos.

Pero también había conseguido convertir su enfado en un auténtico ataque de furia cuando le contó que había dejado a su sobrina, una chica italiana, a cargo de su apartamento durante ese tiempo. Fue entonces cuando se dio cuenta de que la mujer a la que había conocido era una impostora. No sólo lo había dejado plantado sin dar una explicación, también lo había engañado desde el primer día.

Había tardado apenas una semana en encontrar la dirección de Bethany Maguire y un par de semanas más en digerir la información, diciéndose a sí mismo que debía olvidarse del asunto. Pero no podía olvidarlo y se dio cuenta de que tenía que hablar con ella para decirle lo que pensaba.

No sabía qué había querido conseguir yendo a Irlanda y era algo extraño en él; un hombre que siempre había sido capaz de contener sus emociones, un hombre que se enorgullecía de su autocontrol. Un hombre al que ninguna mujer había engañado nunca de esa manera.

Con el motor apagado empezaba a hacer frío en el interior del Land Rover y, como era de esperar en el mes de enero, se hacía de noche rápidamente. En diez minutos, las casitas que había frente a él serían invisibles.

Aún tenía tiempo de volver al hotel, cenar algo y volver a Londres por la mañana. ¿Pero conseguiría así desahogarse?

La respuesta era negativa.

Cristiano bajó del coche y empezó a caminar por la acera, mirando aquel pueblecito que parecía de cuento de hadas. No era de su gusto. Parecía un sitio diseñado por un niño que se hubiera vuelto loco, con cada casa de un color diferente. Casi estaba dispuesto a creer que iba a encontrarse con una casita de miga de pan de un momento a otro.

La casa al final de la calle no era una excepción.

Los árboles que la rodeaban habían perdido las hojas y el jardín delantero no tenía color, pero imaginó que en primavera estaría lleno de todas esas cosas que aparecían en los libros de cuentos: manzanos, flores por todas partes, el típico muro de piedra sobre el que los vecinos charlaban, seguramente mientras colgaban la ropa al sol y silbaban una alegre cancioncilla.

Resoplando, se acercó a la puerta y en lugar de llamar al timbre decidió usar el puño.

Bethany, que estaba buscando ingredientes en la nevera para hacerle la cena a sus padres, dejó escapar un suspiro de contrariedad. Lo había dejado todo hasta última hora y no tenía tiempo para charlar con lo vecinos. Después de haber pasado los dos últimos años en Londres casi había olvidado cómo era la vida en un pueblo, pero era una costumbre que la gente pasara por las casas de los vecinos para charlar. Y, aunque ya llevaba dos meses allí, se sentirían ofendidos si no les ofrecía una taza de té.

Podría no abrir la puerta, pero todo el pueblo sabía que sus padres habían ido al Ayuntamiento, donde se celebraba un evento para recaudar fondos, y que ella no había podido ir porque se encontraba mal esa mañana. Así era la vida en un pueblo tan pequeño y tendría que acostumbrarse de nuevo.

De modo que dejó las cosas que había sacado de la nevera sobre la encimera de mármol y corrió a la puerta... pero cuando la abrió y vio quién estaba en el porche se quedó helada.

Bethany parpadeó, creyendo que era una alucinación, pero cuando volvió a abrir los ojos seguía allí.

–¡Tú! –exclamó, en un tono que ni ella misma reconocía–. ¿Qué estás haciendo aquí? –Bethany tuvo que agarrarse al marco de la puerta.

–No iras a desmayarte, ¿verdad?

El golpe de la puerta al cerrarse resonó como el eco del hacha de un verdugo. Ella intentaba ordenar sus pensamientos, pero tenerlo delante hacía muy difícil que pudiera pensar con claridad.

–Cristiano, qué sorpresa.

Sólo la pared, en la que estaba apoyada, evitaba que cayera al suelo.

–La vida está llena de sorpresas, como yo he descubierto hace poco.

–¿Qué estás haciendo aquí? –insistió ella.

–He decidido venir a verte, Amelia. Pero no te llamas Amelia, ¿verdad? Te llamas Bethany.

–Me siento mal, en serio –Bethany intentó llevar aire a sus pulmones–. Creo que voy a vomitar.

–Haz lo que quieras. Estaré esperando aquí cuando termines –dijo él, cruzándose de brazos.

–¿Có-cómo me has encontrado?

–¿No es un poco grosero por tu parte no ofrecerme una taza de café? Y después de venir de tan lejos para verte...

No tenía prisa por marcharse, eso estaba claro. Y la ponía nerviosa que estuviera tan cerca. Además, sus padres volverían en una hora y para entonces Cristiano debería haberse marchado. Cuanto más tiempo estuviera en estado de shock, más tardaría en echarlo y no podía ni pensar que lo vieran sus padres.

Una ola de náuseas amenazó con enviarla corriendo al cuarto de baño, pero consiguió dominarla.

–Muy bien, te ofreceré una taza de café. Pero si

has venido para que te pida perdón te ahorraré el esfuerzo: lo siento. ¿Satisfecho?

–No, en absoluto. ¿Por qué no empezamos por el café y luego charlamos sobre otras cosas? Por cierto, ¿sabías que hacerte pasar por otra persona es un delito?

Bethany palideció y Cristiano, a quien se le acababa de ocurrir lo del delito, sonrió, satisfecho.

–¿Qué te llevaste del apartamento de Amalia Doni aparte de su vestuario? Si no recuerdo mal, estaba lleno de obras de arte y objetos carísimos.

–¿Cómo te atreves?

–Yo que tú me lo pensaría dos veces antes de ponerte digna –dijo él.

Había esperado sorprenderla con su presencia... no, en realidad había esperado que se pusiera a la defensiva, pero no había esperado ver ese brillo de pánico en sus ojos. Claro que era una mujer que hacía cosas inesperadas y no una persona cuyas palabras o actos debiese uno creer.

Bethany se sentía como un ratón sujeto por un depredador cuyo objetivo fuera jugar con ella un rato antes de hacerla pedazos. Cuando lo dejó, más por cobardía que por otra cosa, lo último que había esperado era que la buscase en Irlanda. No lo había tomado por un hombre que buscaría a una mujer que lo había dejado plantado sin darle una explicación.

–No estoy haciéndome la digna –Bethany dio un paso atrás porque sentía el calor de su aliento en la cara–. Sólo intento decir que no soy una ladrona.

–Y a mí me resulta difícil creer cualquier cosa que digas.

Como no podía discutir y hacerse la inocente sería imposible, Bethany decidió que era hora de hacer café. Merecía una regañina y la aceptaría con genuino arrepentimiento. Luego él se marcharía y todo volvería a la normalidad.

–El café... voy a hacer el café. Si no te importa esperar en el salón...

–¿Y perderte de vista? No, de eso nada. Seguro que intentarías escapar por la ventana, ese tipo de numeritos se te da muy bien.

–Sí, bueno... –Bethany miró al suelo, pero ni así podía escapar de la presencia de Cristiano porque tenía delante sus zapatos.

–Bonita casa –dijo él entonces–. Claro que me dijiste que vivías en Londres.

–Y así era, hasta hace dos meses –respondió ella mientras encendía la cafetera.

Desgraciadamente, no podía refugiarse en la tarea de hacer café para siempre, de modo que se vio obligada a mirarlo. Estaba sentado en una silla de tamaño normal, el suficiente para una cocina como aquélla, pero él conseguía reducir el espacio hasta hacerlo parecer una celda.

Cristiano la miraba sin disimular su antagonismo y no se parecía nada al hombre divertido, sexy y encantador que la había convencido para pasar dos semanas en un paraíso tropical.

Y no podía dejar de pensar en esa insinuación de que hacerse pasar por otra persona era un delito. ¿Iba a demandarla? No quería ni pensarlo.

Había querido confesarle la verdad muchas veces durante esas dos semanas, pero al final no pudo hacerlo porque no quería dar por terminado aquel encuentro. En lugar de eso había conseguido evitar ciertas preguntas, contar medias verdades... y lo había hecho tan bien que hasta Houdini estaría orgulloso de ella.

En el proceso, Cristiano le había robado el corazón y si le hubiera pedido que se quedara en Barbados quince días más estaba segura de que se habría quedado.

Pero el castigo era tan letal como inevitable: Cristiano de Angelis se había hecho un sitio en su corazón y no había pasado un solo día que no pensara en él desde entonces. Y en el hecho de que nunca podrían volver a estar juntos.

–No me mires así –le dijo, molesta.

–¿Cómo esperas que mire a una mentirosa, a una falsa y a una ladrona?

–¡Ya te he dicho que yo no le he robado nada a Amelia Doni!

–Pero sí me has robado a mí...

–¿Qué?

–Si contamos las cenas, la ropa que te compré, el billete en primera clase para ir a Barbados...

–Tú no lo entiendes.

–Pues entonces explícamelo –Cristiano se echó hacia delante y Bethany, instintivamente, se echó hacia atrás, mirando el reloj que había sobre la puerta.

–Yo quería contarte la verdad...

–Ya, claro, pero el infierno está lleno de buenas intenciones –la interrumpió él–. ¿Cuándo desaparecieron esas buenas intenciones? ¿Cuándo te diste cuenta de que sería mucho mejor aprovecharte de mi generosidad? Era mucho más divertido, ¿no? Sexo con todos los gastos pagados.

–¡No seas grosero!

–¿Cuándo decidiste marcharte de Londres?

Desconcertada por el brusco cambio de tema, Bethany se quedó callada un momento. Pero enseguida lo entendió. En lugar de lanzarse sobre ella estaba torturándola poco a poco, tirando sus defensas una por una para que no pudiera reconstruirlas.

–¿Cuándo decidiste marcharte? –repitió Cristiano–. De repente dejaste la universidad y volviste a este pueblo, en medio de ninguna parte. ¿Pensabas que Londres era demasiado pequeño para los dos? ¿Tenías miedo de encontrarte conmigo?

Bethany se puso pálida.

–¿Cómo me has encontrado? ¿Y por qué te has molestado en buscarme?

Cristiano se encogió de hombros. Pero incluso furioso, cuando su rostro era una máscara de frío desdén, Bethany no podía evitar sentirse atraída por él. Era tan elegante, tan atractivo. Se avergonzaba de sí misma, pero estaba grabando aquel momento en su memoria para poder recordarlo una y otra vez en el futuro.

El hombre que una vez le había dicho que con ella sentía lo que nunca había sentido con otra mujer ahora la odiaba y, aun así, su corazón se aceleraba al mirarlo.

–¿Por qué me he molestado? Buena pregunta, aunque la verdad es que no lo sé. Desapareciste de repente, pero soy lo bastante hombre como para soportar que una mujer me deje plantado.

Quería dejarle claro que no seguía pensando en

ella. Bueno, el recuerdo de su cara le había hecho perder la concentración en alguna reunión, pero estaba seguro de que con el tiempo se habría olvidado de ella. Y que no hubiera sentido la inclinación de fijarse en otra mujer desde entonces era lo más lógico. Sólo un tonto se lanzaría al agua tan poco tiempo después de haber sido mordido por un tiburón.

–Pero hay una diferencia entre una mujer que me deja y una mujer que se ha reído de mí.

Bethany no dijo nada. Ya se había disculpado, pero estaba claro que sus disculpas no iban a hacerlo cambiar de opinión.

¿Y si había ido allí buscando algo más que una explicación? ¿Y si había ido para pedirle el dinero que se había gastado en ella? Sí, la había invitado a comer, a cenar... y le había comprado ropa. El viaje a Barbados había sido inesperado y no llevaba bañador o ropa para ir a la playa. Por eso aceptó ir de compras con él, aunque sintiéndose culpable.

«Sexo con todos los gastos pagados».

Esa frase la hacía sentir peor que si fuese una vividora. Por supuesto, había dado toda esa ropa a una organización benéfica en cuanto volvió a Londres, pero dudaba que Cristiano la creyese.

Y luego estaba el asunto del billete de avión en primera clase... ella no sabía lo que había costado, pero seguramente una barbaridad.

Bethany se puso pálida al pensar cuánto dinero le debía. ¡Y ni siquiera tenía trabajo!

En dos semanas empezaría a trabajar en el colegio del pueblo, sustituyendo a la profesora titular, que estaba de baja por maternidad, pero aun así no podría pagarle nunca. Angustiada, enterró la cara entre las manos, dejando escapar un gemido.

–Sí, lo sé –dijo Cristiano, sin una traza de simpatía–. Nuestros pecados suelen pillarnos desprevenidos.

–No entiendo cómo has podido localizarme.

–Porque tú te aseguraste de que fuera un secreto, claro. Pues resulta que conocí a la auténtica Amelia Doni en casa de mi madre. Imagina mi sorpresa al descubrir que es una mujer italiana de más de cuarenta años.

–¿Qué le dijiste?

–Nada, yo no le doy explicaciones a nadie. Pero descubrí quién debería haber estado cuidando de su apartamento y sólo fue una cuestión de tiempo que mi gente atase cabos hasta llegar a ti.

–¿Tu gente?

–Te sorprendería lo eficientes que son cuando hace falta. Como perros de presa.

–Amy me pidió que ocupara su puesto ya que Catrina no podía hacerlo porque estaba en Londres...

–En una clínica de rehabilitación, lo sé.

–No quería que su madrina supiera nada. Y no le hemos hecho daño a nadie.

–¿De verdad crees que a mí me importan los problemas de esa cría?

–No, sólo intento explicarte que...

–Vamos al grano, si no te importa. Cuando aparecí en el apartamento, ¿por qué no me dijiste inmediatamente quién eras?

–Me pillaste en un mal momento –Bethany suspiró–. Estaba... estaba...

–Deja que te ayude: ¿jugando a la señora de la casa con un vestido que no era tuyo?

–¡No!

–¿No qué? Ah, sí, se me olvidaba que tienes un problemilla con la verdad.

–Me había dado un baño de espuma y, de repente, me apeteció probarme uno de esos vestidos tan bonitos que había en el vestidor. Yo nunca he tenido algo tan caro y no pude resistirme a la tentación. ¿Tú nunca has sentido la tentación de hacer algo que no deberías hacer?

–Curiosamente, yo conozco la diferencia entre lo que está bien y lo que está mal.

–Pero entonces no me pareció que fuese importante.

–¿Y cuándo empezó a parecerte que estuviera mal?

–Yo no sabía que ibas a ir al apartamento –murmuró Bethany–. Y entraste sin que te invitase...

–¡No se te ocurra echarme a mí la culpa de lo que pasó!

–¡No te estoy echando la culpa a ti! –Bethany miró el reloj, angustiada. Aunque durante los últimos dos meses el tiempo parecía haber pasado como una lenta agonía, de repente, iba a toda velocidad.

–¿Tienes que ir a algún sitio? –le preguntó Cristiano–. ¿Has quedado con algún tonto que te cree alguien que no eres?

Bethany apretó los puños, intentando pasar por alto la ironía.

–Estaba intentando explicarte que cuando llegaste al apartamento no se me ocurrió contarte que llevaba puesto un vestido que no era mío. ¡Se supone que ni siquiera debería estar en ese apartamento! No quería causarle problemas a mi amiga Amy y no conozco a Catrina, pero ella no quería que nadie supiera dónde estaba...

–Ah, claro, y como eres un ser humano considerado y amable, decidiste no decir nada.

–Yo no esperaba que las cosas terminasen como terminaron –se defendió Bethany, mirando el reloj de nuevo. Sólo habían pasado cinco minutos desde la última vez y Cristiano sólo había tomado un sorbo de café.

–¿Quieres decir acostándonos juntos?

–¡Sí!

–Pero para entonces tampoco se te ocurrió que yo debería conocer la identidad de la mujer con la que estaba compartiendo mi cama.

–No fingía cuando estaba contigo.

–¿Perdona?

–Lo siento mucho, de verdad. Es que tenía miedo de...

–¿De perderte las cosas buenas de la vida?

–No, yo no soy así.

–Perdona si no te creo.

–Pero era virgen –le recordó Bethany.

–¿Y qué quieres decir con eso? –le espetó Cristiano. Le molestaba que no se mostrase avergonzada. Era una falsa y una mentirosa, pero conseguía enternecerlo con su mirada aparentemente inocente–. ¿Tu virginidad es una excusa para haberme mentido durante dos semanas? Tal vez la verdad es que te pareció divertido intercambiar tu virginidad por dos semanas de vacaciones con un hombre rico.

–¡No me conoces en absoluto si eres capaz de decir eso!

–¿Por qué no me dijiste la verdad cuando terminaron las vacaciones? –insistió Cristiano–. ¿Por qué desapareciste sin decir nada?

Bethany abrió la boca, pero volvió a cerrarla enseguida. ¿Cómo iba a decirle que le habría confesado la verdad si aquélla hubiera sido la aventura sin importancia que ella esperaba?

Pero no había sido una simple aventura porque, sin darse cuenta, se había enamorado de Cristiano y no podía soportar la idea de marcharse dejándolo con una expresión de odio. Por eso había tomado un avión de vuelta a Londres sin decirle nada.

Amy había tenido que volver a Roma para cuidar del apartamento cuando ella aceptó la invitación de ir a Barbados, de modo que ya no tenía nada que hacer en Italia. Además, Cristiano había «amenazado» con buscarla en Londres y eso era algo a lo que no podía arriesgarse.

–Debería haber dejado una carta, una nota... algo.

–Porque decírmelo a la cara hubiera sido demasiado difícil, claro.

–Sabía cómo reaccionarías. Como lo estás haciendo ahora.

–Dime una cosa, por curiosidad: ¿qué parte de tu personalidad tuviste que cambiar para hacer ese teatro?

–¡No tuve que cambiar nada!

–Entonces de verdad eres una chica dulce, auténtica, divertida... me resulta difícil creerlo.

–Mira, esto no nos está llevando a ningún sitio

–Bethany se levantó–. Todo fue un terrible error y lo único que puedo decir es que lo siento y que entiendo que estés enfadado conmigo –las lágrimas amenazaban con asomar a sus ojos, pero parpadeó furiosamente para controlarlas.

Aquello era una pesadilla. Ella no había esperado que la encontrase en un pueblecito irlandés.

–¿Por qué no dejas de mirar el reloj? –le preguntó Cristiano–. Es la cuarta vez en los últimos quince minutos.

No quería ni imaginar que tuviese una cita. Algún chico del pueblo que había estado esperando ansioso su regreso. Alguien que, al menos, tenía el lujo de conocer a la auténtica Bethany en lugar del personaje que se había inventado en Roma.

–No lo sé, no me había dado cuenta.

–¿Y para quién es toda esa comida que está en la encimera? ¿Esperas a alguien? ¿Es por eso por lo que has dejado la universidad y has vuelto aquí?

–¿De qué estás ha-hablando? –Bethany estaba tan nerviosa que no dejaba de tartamudear y el tartamudeo saboteaba cualquier intento de parecer inocente.

–Me pregunto qué diría tu novio si supiera que has pasado dos semanas en compañía de otro hombre. No creo que le hiciera ninguna gracia. ¿Le has contado tu aventura en Barbados o me estabas utilizando para aprender a moverte en la cama?

–¡No digas tonterías! –le espetó ella, el rostro colorado tanto por sus acusaciones como por las evocativas imágenes que despertaban sus palabras. Aquella primera noche era virgen, pero al final de esas dos semanas se había convertido en una criatura voluptuosa cuyo cuerpo había sido meticulosamente explorado por Cristiano. Y viceversa. De hecho, no pasaba una sola noche que no lo recordase en detalle.

–¿Estoy diciendo tonterías? ¿Por qué si no habrías vuelto aquí? ¿Por qué te habrías marchado de Londres sin terminar tus estudios si no fuera por un hombre?

El silencio que siguió a esa pregunta se alargó como una banda elástica estirada hasta el límite.

–No todo lo que hace una mujer tiene que ver con un hombre –dijo Bethany por fin, intentando que su voz sonara más o menos normal.

–Pero la mayoría de las veces sí lo es. Al menos, ésa es mi experiencia.

Bethany hizo un esfuerzo para no mirar el reloj. Aunque le costaba trabajo.

–Muy bien, si quieres saberlo, estaba haciendo la cena para mis padres. Han ido al Ayuntamiento... están recaudando dinero para un orfanato en África, pero volverán enseguida. Y supongo que no querrás estar aquí cuando lleguen.

Cristiano no saltó de la silla como había esperado. Ni siquiera sabía si creía una palabra de lo que le había dicho. Y en cualquier caso daba igual porque la puerta se abrió en ese momento y Bethany oyó la voz de su madre en el pasillo:

–¡Cariño, ya estamos en casa!

Capítulo 4

BETHANY se preguntó si podría esconder a Cristiano, que se había levantado de la silla, aumentando más su desconcierto. Tal vez podría meterlo en un armario o sacarlo de un empujón al jardín y darle con la puerta en las narices.

Lo único bueno de la repentina llegada de sus padres era que al menos sabía que estaba equivocado sobre lo de que esperaba a otro hombre.

Bethany corrió al pasillo y encontró a sus padres quitándose los abrigos y comentando que hacía mucho frío en la calle. Aparentemente, iba a caer una buena nevada.

–Pero el evento ha sido un éxito –le dijo Eileen Maguire–. Hemos recaudado más de quinientos euros. Ya sé que no parece mucho, pero todo ayuda. El hombre que nos ha explicado dónde iría el dinero era muy interesante, ¿verdad que sí, John? He estado a punto de decirle que viniera a cenar a casa. El pobre iba a tener que conformarse con un bocadillo en el hostal porque Maura ha ido a visitar a su hija...

Su madre no terminó la frase, un fenómeno que ocurría en raras ocasiones, y Bethany no tuvo que darse la vuelta para saber por qué. ¿Por qué no podía haberse quedado en la cocina un rato más? ¿Por qué no le había dado tiempo para advertir a sus padres?

–Mamá, papá, os presento a...

–Soy...

–Sabemos quién eres, hijo –lo interrumpió el padre de Bethany–. Y me alegro mucho de conocerte por fin. ¿Verdad que sí, Eileen? Bueno, no te preocupes, ella misma te lo dirá en cuanto pueda respirar –John Maguire estrechó su mano y le hizo un guiño a su hija, que estaba colorada hasta la raíz del pelo–. Aunque tal vez deberíamos alegrarnos de que se haya quedado sin palabras. No sé si Beth te lo ha contado, pero eso es muy raro.

No tan raro, pensaba Bethany rezando para que el suelo se abriera bajo sus pies, como ver que Cristiano se quedaba sin palabras. Aunque era lógico, claro. No podía ni imaginar lo que estaría pensando.

Aunque se recuperó enseguida para estrechar la mano de su padre y rozar la de su madre con los labios, en un gesto típicamente italiano que hizo que Eileen Maguire se ruborizase como una adolescente.

–Dijiste que era extraordinario, cariño, pero no nos dijiste que, además, era un caballero.

–¿Extraordinario? –Cristiano miró a Bethany con una sonrisa que a sus padres podría parecerles inocente pero que estaba cargada de preguntas.

–Lo siento, pero no me ha dado tiempo a hacer la cena –Bethany cambió de tema rápidamente y sus padres, por supuesto, se apresuraron a decir que no importaba en absoluto.

–Deberías habernos llamado, habríamos vuelto enseguida –la regañó Eileen, estirando su falda gris–.

Aunque imagino que tendríais muchas cosas que contaros.

–Sí, claro.

–Bueno, tú quédate aquí con Cristiano... qué bonito nombre, por cierto. O mejor, ¿por qué no lo llevas al salón? John, cariño, ve a encender la chimenea.

–No hace falta, lo haré yo misma –se apresuró a decir Bethany.

–Y no te preocupes por la cena –John se volvió hacia Cristiano–. Le he dicho a esta jovencita mil veces que...

–Papá, por favor. Cristiano no quiere escuchar historias aburridas.

–¿Aburridas? Si hay algo que he descubierto sobre tu hija, John, es que el adjetivo «aburrida» jamás se le podría aplicar. ¿Verdad que no, Bethany?

¿Era su imaginación o su voz sonaba amenazadora?

–Nosotros iremos al salón mientras vais a cambiaros de ropa. Y luego...

–Luego podremos conocernos mejor –terminó su padre la frase, con una sonrisa en los labios.

–Y yo intentaré hacer algo de cena, pero tendrá que ser algo sencillo –dijo su madre.

Cristiano, de inmediato, intentó ganar puntos invitándolos a todos a cenar fuera, pero su padre le recordó que estaba a punto de nevar y lo mejor sería quedarse en casa.

–En ese caso, nada me apetece más que una cena casera. Imagino que tu hija te habrá dicho que soy un hombre de gustos sencillos.

Con eso se ganó una palmadita en la espalda, por supuesto.

–Imagino que es lo normal con los riesgos que corres a diario, ¿eh? –dijo su padre.

Cristiano sonrió. Por supuesto, no sabía de qué estaba hablando, pero no dijo nada. Su vida, hasta que conoció a Bethany, había sido muy ordenada: trabajo, mujeres, trabajo. Todo en su sitio. Él siempre había creído que ejerciendo un férreo control sobre su vida uno podía limitar las sorpresas desagradables y, por el momento, no había tenido ocasión para dudar de esa filosofía. De modo que no estaba preparado para la sensación de estar caminando sobre arenas movedizas que era lo que sentía en aquel momento.

¿Riesgos? Sí, él se arriesgaba en su trabajo, pero tenía la impresión de que los riesgos a los que se refería el padre de Bethany no tenían nada que ver con las altas finanzas.

¿Entonces de qué estaba hablando? ¿Y cómo era posible que conocieran su identidad antes de que Bethany los presentase?

Tras él, Bethany se aclaró la garganta en ese momento y Cristiano se volvió para mirarla mientras sus padres desaparecían escaleras arriba.

Le molestaba, pero incluso en aquella modesta casa, a miles de kilómetros de las lujosas tiendas de Roma, seguía teniendo la presencia de una mujer que podría engañar a cualquier hombre fingiendo haber nacido en una familia privilegiada. No parecía alguien que mirase a los demás por encima del hombro, algo que encontraba terriblemente irritante en muchas de las chicas con las que salía. Bethany sencillamente parecía una persona refinada. No sabía por qué, tal vez por el vibrante color de su pelo o tal vez era su piel, transparente y libre de maquillaje. O tal vez su postura, orgullosa y segura, pero siempre de manera discreta.

Enfadado consigo mismo por pensar en ella como algo más que una mujer que había tenido la temeridad de jugar con él, Cristiano la fulminó con la mirada.

Y, como siempre, el silencio fue su mejor aliado porque Bethany apartó la mirada mientras lo llevaba al salón, contándole que sus padres eran pilares de la comunidad, siempre involucrados en causas benéficas, auténticos santos si había que fiarse de ella.

Mientras escuchaba, Cristiano miraba la profusión de fotos familiares y los objetos coleccionados durante toda una vida. En realidad, era una casa muy espaciosa y la planta de abajo consistía en una serie de habitaciones que se conectaban unas con otras. En una de ellas, que parecía hacer las veces de estudio, había un gato durmiendo tranquilamente sobre un sillón.

Aquello no tenía nada que ver con la mansión que le había hecho creer era el hogar de su familia y Cristiano se agarró a ese pensamiento para seguir furioso con ella.

–Tus padres tienen una casa muy acogedora –le dijo, mientras se dejaba caer en el sofá–. Nada que ver con la mansión de la que tú me hablaste, claro.

Bethany se puso colorada. Ella nunca había visto ese lado brutal de Cristiano, aunque imaginaba que lo tenía porque todos los hombres poderosos eran implacables. Aun así, le resultaba difícil encajar a esas dos personas: el hombre guapo y divertido que la había llevado a un paraíso tropical y el extraño que la miraba con un brillo cruel en los ojos.

Claro que nunca habría conocido a ese hombre guapo y simpático si le hubiera dicho que era simplemente Bethany Maguire, una chica normal.

–Nunca dije que mi familia tuviera una mansión, sólo que había una en mi pueblo. Y es la verdad.

–A veces resulta difícil distinguir entre una mentira y el económico uso de la verdad.

–Te resulta difícil porque ni siquiera quieres intentarlo –replicó ella.

–¿Y por qué debería hacerlo?

–Ya te he pedido disculpas, Cristiano –Bethany dejó escapar un suspiro.

–Sí, bueno, es verdad que no tiene sentido recordar lo que pasó porque no va a llevarnos a ningún sitio, así que hablemos de otra cosa, ¿de acuerdo?

Su helada sonrisa despertó un escalofrío de auténtico miedo y, al verlo, Cristiano se relajó un poco. Se había preguntado muchas veces por qué se molestaba en hacer ese viaje, pero ahora lo sabía. Sí, había tenido que verla cara a cara para exorcizar parte de la furia que sentía. Contra ella por haberle mentido, contra él mismo por haber caído en su trampa. Y también sentía el deseo de cerrar aquel capítulo de su vida porque lo que había habido entre ellos estaba sin cerrar.

Durante las dos semanas que habían pasado en Barbados había perdido el control por completo. Había sido como un buen estudiante que, de repente, hubiera decidido hacer novillos. Naturalmente, entonces no se daba cuenta. Cristiano no sabía cómo lo había conseguido Bethany, pero así era y cuando volvieron a Italia no estaba preparado para decirle adiós.

Sin embargo, verla de nuevo estaba teniendo el efecto negativo de recordarle por qué seguía excitándolo. Había esperado no sentir nada más que desprecio y sí, era una mentirosa, pero saberlo no evitaba que esa extraña atracción siguiera ahí.

Incluso mirándola ahora, sentada en el sofá como una niña, las largas mangas del jersey ocultando sus manos, le parecía excitante y exasperante a la vez.

Como un matemático concentrado en resolver un complicado problema, Cristiano intentó usar su frío y lógico cerebro para entender aquella ilógica situación. ¿Qué mejor manera de terminar con su rabia y su frustración que tomando lo que ella le había negado?

¿Podría fingir haber olvidado sus mentiras hasta que la llevase a la cama y se saciara de ella? Porque el ansia seguía corriendo por sus venas, saboteando todos sus esfuerzos por volver a la normalidad.

Tendría que pensarlo, pero se relajó por primera vez desde que puso los pies en la casa. Tener una solución a mano, aunque decidiera no usarla, lo ayudaba a mantener el control.

No había sido capaz de olvidar su cara o el recuerdo de sus gemidos en la cama debajo de él, encima de él, en la bañera de su casa en Barbados, en la piscina, en varias habitaciones de la casa. Y muchas veces en su playa privada donde sólo la luna y las estrellas eran testigo de su inagotable pasión. Sería una dulce venganza, aunque no quería pensar en ello como algo tan primitivo, tomarla de nuevo y luego dejarla plantada.

Bethany carraspeó entonces, interrumpiendo tan agradables pensamientos.

–¿Me has oído?

–No, repítelo. Estaba pensando en otra cosa.

Bethany imaginó que debía estar pensando en marcharse para volver a su privilegiada vida. Esa vida privilegiada y maravillosa que había creído erróneamente que ella conocía bien.

Y sentía la tentación de dejarlo marchar sin decir nada, ¿pero cómo iba a explicárselo a sus padres? La telaraña de engaños que había empezado a tejer cuando aceptó su invitación a cenar cinco meses antes parecía ahogarla en aquel momento.

También había descubierto que la idea de no volver a verlo nunca estaba empezando a clavar sus garras en ella, pero hizo un esfuerzo por esconder tan inapropiada reacción.

–Estaba diciendo que tengo que decirte algo antes de que bajen mis padres.

Cristiano se puso en alerta roja de inmediato.

–¿Quieres decir aparte de explicarme por qué parecen saber quién soy?

–Pues verás... es que les he hablado de ti –dijo Bethany, sentándose en un sillón, frente a él.

–¿Ah, sí? ¿Y qué les has dicho exactamente? Considerando tu enorme capacidad para la mentira, me interesa mucho saberlo –la mirada de Cristiano se deslizó perezosamente desde su cara a sus pechos, unos pechos que conocía íntimamente. Daba igual que estuvieran escondidos bajo un ancho jersey, su memoria era más que capaz de reproducir una imagen del sensual cuerpo que había debajo.

–Les he dicho que... bueno, que nos conocimos en Italia.

–Ah, entonces saben que estuviste en Italia, un comienzo prometedor. ¿Y saben que estabas cuidando un apartamento de lujo?

–¡Sí, saben que estuve cuidando un apartamento!

–Pero supongo que no les has dicho ni pío sobre que te hiciste pasar por la propietaria.

Bethany sentía que le sudaban las manos, pero las mantuvo escondidas bajo el jersey.

–No –admitió por fin.

–Ya me lo imaginaba. Tus padres no parecen la clase de personas que verían eso como una anécdota divertida. ¿Y qué les has contado exactamente sobre mí?

Bethany se aclaró la garganta.

–Imagino que te parecerá un poco raro que les hablase de ti, considerando que las cosas no terminaron bien entre nosotros.

–Eso es decir poco, ¿no te parece?

–Mis padres son personas decentes y creen en la seriedad de las relaciones...

–Evidentemente, algo que tú no has heredado.

Bethany suspiró de nuevo.

–No vas a ponérmelo fácil, ¿verdad?

–¿Alguna razón para que lo haga?

–No creo que sea un buen momento para discutir

–dijo ella, mirando hacia la puerta. Conociéndolos como los conocía, sus padres estarían tomándose su tiempo para dejarla un rato a solas con Cristiano y se angustió al pensar en lo terrible del engaño.

–¿Qué tienen que ver los valores morales de tus padres con esta situación? –siguió Cristiano.

Astuto siempre, dos y dos en aquel caso no sumaban cuatro. Incluso tratándose de ella, mentirosa, oportunista y persona totalmente impredecible, aquella conversación resultaba incomprensible.

–¿Puedo decir que nunca, jamás, habría esperado que aparecieses aquí? –el corazón de Bethany latía tan aprisa que casi le hacía daño–. Tú eres una persona sofisticada y pensé que no le darías tanta importancia a lo que pasó. No imaginé cómo reaccionarías al saber que...

Cristiano se daba cuenta de que estaba evitando decir algo, pero la dejó seguir porque tarde o temprano tendría que responder a sus preguntas.

–Extraordinario –dijo entonces.

–¿Perdona?

–Le dijiste a tus padres que yo era extraordinario.

–Ah, sí, bueno... y aventurero.

–¿Extraordinario y aventurero?

Bethany asintió con la cabeza.

–¿Por qué empiezo a encontrar esta situación un poco surrealista? –Cristiano se levantó y empezó a pasear por el salón, deteniéndose para mirar las fotografías sobre la chimenea, en la estantería, en las mesas. Los Maguire eran personas orgullosas de sus hijas, evidentemente. En un radio de cinco metros había una vida entera de recuerdos.

–Sé que esto va a sonar un poco absurdo...

–¿Un poco? –repitió él, volviéndose para mirarla.

Y la miraba con tal intensidad que Bethany sintió que se le ponía la piel de gallina.

Le había parecido difícil lidiar con el recuerdo de Cristiano, pero ahora sabía que la palabra «difícil» adquiría otra dimensión cuando se trataba de lidiar con él en persona.

Mientras intentaba ordenar sus pensamientos y encontrar una manera de explicar aquella situación surrealista, Cristiano se acercó al sillón y apoyó una mano en cada brazo.

Su aroma masculino la envolvió, inflamando sus sentidos. Extraordinario era decir poco, pensó. Aunque estaba asustada, su cuerpo reaccionaba ante la proximidad de Cristiano, sus pezones endureciéndose al recordar el placer que le había dado. Bethany apartó la mirada enseguida, pero no tan rápido como para que Cristiano no se diera cuenta.

Y, al hacerlo, sintió una inmensa satisfacción. De modo que algo de aquel teatro había sido real. Había mentido sobre todo lo demás porque un viaje a Barbados era demasiado emocionante como para decir que no, pero no había mentido cuando cayó en sus brazos. Y si él siguiera deseándola, y ése era un enorme condicional, Bethany sería suya cuando quisiera.

–Así que soy extraordinario y aventurero.

–¿Te importaría apartarte un poco? –le rogó Bethany.

Pero él no se movió.

–¿Por qué? ¿Te sientes incómoda? ¿Tu conciencia te molesta cuando estoy tan cerca? O tal vez... –de repente, Cristiano sintió una oleada de deseo– lo que te da miedo es que quieres que tu extraordinario y aventurero ex amante se acerque incluso más.

El brillo de sus ojos le dio la respuesta que buscaba y Cristiano sonrió antes de volver a sentarse en el sofá. Si aquello fuera un juego, que no lo era en absoluto, acabaría de ganar un punto.

–Bueno, estabas diciéndome por qué se te ha ocurrido contarle lo nuestro a tus padres.

Esta vez fue Bethany quien se levantó para cerrar la puerta. Sus padres tardarían unos minutos en bajar, pero bajarían tarde o temprano y lo último que quería era que escuchasen aquella conversación.

Cuando volvió a sentarse lo hizo en uno de los sillones, más cerca que antes para no tener que levantar la voz. No quería pensar en lo humillante que era que Cristiano se hubiera dado cuenta de que seguía deseándolo. Era lógico que estuviera furioso con ella, incluso que usara esa debilidad contra ella. Pero si hubiera intentado besarla seguramente no habría sido capaz de resistirse.

–Y, por cierto, ¿qué clase de aventurero soy?

Bethany dejó escapar un largo suspiro.

–No te lo podrías ni imaginar.

–Me sorprende que le hayas contado a tus padres lo que hacíamos en la playa.

–¿Perdona?

Cristiano se encogió de hombros.

–Si tus padres tienen tan altos valores morales como dices, me sorprende que hables con ellos de lo que haces en la cama con un hombre.

–¡Yo no he hablado de eso con ellos!

–¿Entonces de qué estamos hablando?

–Me refiero a tu trabajo.

Esta vez Cristiano la miró, perplejo.

–No te entiendo.

–Ganas mucho dinero y diriges un imperio –empezó a decir Bethany–. Pero eso no era suficiente.

–¿Ah, no?

No le gustaba nada que no lo mirase a los ojos. Podría haberle mentido durante todo el tiempo que estuvieron juntos, pero ni una sola vez había evitado mirarlo a los ojos. Y, sin embargo, ahora lo hacía.

–No, la verdad es que no –Bethany suspiró, pero lo inevitable de aquella confesión la animó a seguir adelante–. No estabas satisfecho con dirigir un imperio, así que creaste un programa de buenas acciones.

–¿Un programa de buenas acciones? Lo siento, pero no entiendo nada.

–Sí, ya me lo imagino. Y sé que no te va a gustar lo que voy a decir, pero es inevitable. Bueno, seguramente podríamos haberlo evitado...

–¿Se puede saber de qué estás hablando?

Bethany lo miró, en silencio, durante unos segundos. Quería grabar aquel rostro en su cerebro para siempre. No era la mejor imagen porque estaba enfadado, pero no tanto como cuando le dijera de qué estaba hablando.

–Le dije a mis padres que construías hospitales en sitios como África, en zonas asoladas por la guerra. Ya sabes, que hacías lo que podías para aliviar el sufrimiento de los menos afortunados.

Cristiano sacudió la cabeza, como si ese simple

gesto pudiera resolver algo. Y luego se pasó una mano por el pelo antes de mirarla con el ceño fruncido.

–¿Construyo hospitales en África?

–Y colegios, centros sanitarios...

–¿En África?

–Y en otros países donde son necesarios.

–¿Has perdido la cabeza? Sé que eres una mentirosa compulsiva, pero no entiendo a qué demonios estás jugando ahora.

–¡Se supone que tú no ibas a saberlo nunca!

–Pues debo haberme perdido algo porque... ¿qué sentido tiene convertirme en un filántropo? No, deja que te pregunte algo más importante: ¿por qué les has hablado a tus padres de mí si no esperabas volver a verme nunca? Por muy moralistas que sean, imagino que sabrán que los hombres y las mujeres tienen relaciones sexuales, algunas de las cuales no duran para siempre. Además, tienes dos hermanas, ¿no? ¿Vas a decirme que nunca han salido con nadie?

–¡No, claro que no!

–¿Entonces por qué esa elaborada mentira? ¿Por qué no te has limitado a contar los hechos como fueron? Conociste a un hombre, lo pasaste bien durante dos semanas y luego le dijiste adiós.

Tan racional observación fue recibida en silencio. Un silencio durante el cual el rostro de Bethany pasó de la palidez al color escarlata, mientras rezaba para que se la tragase la tierra o, mejor, para despertar de repente y darse cuenta de que los últimos meses sólo habían sido un sueño.

–¿Tu obsesión por mentir no tiene fin? –siguió

Cristiano–. Pues si es así, creo que necesitas ayuda profesional –dijo luego, levantándose–. Y me niego a tomar parte en el engaño.

Bethany se levantó a su vez para agarrarlo del brazo.

–¡Espera, no he terminado!

–¿Ah, no? ¿Aún hay más? ¿Aparte de mi trabajo como misionero en sitios del mundo que nunca he visitado? No se me ocurre qué más podrías haber añadido a tan brillante currículo.

–¿Te importa sentarte un momento? Imagino que pensarás que estoy loca, pero hay otras cosas que... tienes que saber.

Cristiano lo hizo, pero sólo porque tenía un aspecto particularmente enternecedor con los ojos tan brillantes. Aquella mujer era una montaña rusa, pensó. ¿Qué más daba esperar unos minutos más?

Bethany dejó escapar un suspiro de alivio al ver que se sentaba. Antes miraba el reloj temiendo que sus padres volvieran del Ayuntamiento y ahora lo miraba temiendo que bajasen de la habitación.

–Les conté todas esas cosas porque lo que hubo entre nosotros no fue sólo una aventura... bueno, yo les he contado que no lo fue. Y antes de que me preguntes qué quiero decir con esto –Bethany hizo un gesto con la mano al ver que iba a interrumpirla–. Antes de decirte a qué me refiero –repitió, llevándose una protectora mano al abdomen– quiero que sepas que supuestamente has estado en todos esos sitios.

–¿En África, en medio de alguna guerra?

–Les dije que estabas en África porque allí habría sido fácil que desaparecieras. Podría haberles dicho que estabas en Nueva York o en Tokio o en cualquier otra ciudad occidental, pero eso habría complicado las cosas.

Cristiano estuvo a punto de soltar una carcajada al pensar que las cosas pudieran complicarse aún más.

–Pero si estuvieras, por ejemplo, en el Congo –siguió Bethany– entonces sencillamente habríamos ido separándonos poco a poco. Una pareja no puede mantener una relación cuando uno está aquí y el otro a miles de kilómetros, en un país en guerra...

–¿Una pareja?

Ella asintió con la cabeza, alargando una mano para mostrarle un anillo.

–No es de verdad, pero tenía que enseñarles algo a mis padres.

Cristiano no se había fijado en el anillo, tal vez porque no había prestado demasiada atención a sus manos. Pero ahora se daba cuenta de que las había mantenido escondidas todo lo posible bajo las mangas del jersey.

–No entiendo nada. ¿Creen que estamos prometidos?

–Debes pensar que estoy loca, ¿verdad?

–¿Loca? Eso es decir poco.

–Bueno, escúchame. Sé que vas a enfadarte, pero... –Bethany oyó pasos en la escalera. Era ahora o nunca, pensó–. He tenido que contarles una pequeña mentira...

–¿Una pequeña mentira? –repitió Cristiano–. ¿Y a qué llamas tú una gran mentira entonces?

–Como te he dicho –siguió ella, como si no lo hubiera oído– mis padres son personas un poco anticuadas y se habrían llevado un disgusto al saber que su hija había tenido una aventura fuera del país y había vuelto a casa embarazada.

Capítulo 5

CRISTIANO descubrió lo que era que una bomba detonase en el epicentro de su existencia. Lo único que podía hacer era mirarla y Bethany pensó que parecía un hombre que hubiera saltado de un avión para darse cuenta de que no llevaba paracaídas. Estaba en caída libre y podía entender por qué: Cristiano era un hombre soltero, libre, y de repente, se había convertido en un hombre comprometido, con un hijo en camino. Todo en el espacio de una hora.

Y lo peor de todo, comprometido con una mujer a la que consideraba una mentirosa y una oportunista. ¿Podría haber algo peor?

Sus padres aparecieron en el salón justo en ese momento, posponiendo la inevitable confrontación, algo de lo que Bethany se alegraba inmensamente.

A partir de entonces quedaron a merced de los Maguire, que tenían interminables historias que contar sobre su hija. Y cuando su madre desapareció en la cocina para hacer la cena, a merced de su padre que, inmediatamente, puso una copa de brandy en la mano de Cristiano y le pidió que le contase algo sobre sus interesantes viajes.

–África –dijo, suspirando mientras se dejaba caer

en un sillón–. Yo nunca he estado allí, pero debe haber sido una experiencia increíble. Me alegra saber que aún hay gente joven que se preocupa por los demás.

Bethany tragó saliva.

–A Cristiano no le gusta hablar de su trabajo, papá. Es muy modesto.

Como sus padres los creían comprometidos, Bethany acabó sentada al lado de Cristiano en el sofá. Una ironía cuando la única razón por la que él querría estar a su lado era para estrangularla. Y, sin embargo, Cristiano tomó su mano y le dio un leve apretón.

–Bethany es muy amable –dijo, sonriendo. Y cuando giró la cabeza se alegró al ver que estaba nerviosa. Sin duda, su pobre padre pensaría que eran nervios por la inesperada llegada de su prometido–. ¿Pero no recuerdas las fotografías que te envié?

–¿Fotografías? –repitió ella, intentando soltar su mano.

–Las que tienes en el álbum, el álbum de África.

–Ah, sí, claro.

–¿Por qué no se las enseñas a tu padre? –le preguntó Cristiano entonces, poniendo una mano sobre su muslo.

–Es que no sé dónde lo he puesto, pero me acuerdo muy bien –Bethany respiró profundamente y cruzó los dedos a la espalda mientras se lanzaba a describir un centro médico en el corazón de África que había visto en un documental.

–Tu hija es muy persuasiva –dijo Cristiano cuando terminó–. Podría venderle neveras a un esquimal, ¿verdad que sí, cariño?

Bethany tuvo que sonreír. Al menos en compañía de sus padres tendría que fingir que estaba encantada de ver a su prometido.

Aunque vista desde otro ángulo la farsa debía ser para partirse de risa, siendo una de las protagonistas le parecía más una tragedia que una comedia.

–No sé yo...

–Cuando describió su casa en Irlanda yo casi tuve la impresión de que estaba hablando de un castillo.

–Pues como ves, nada más lejos de la realidad –John rió, sacudiendo la cabeza–. Pero no me extraña. Sé que se va a enfadar, pero nuestra Bethany siempre tuvo mucha imaginación.

–Desde luego que sí.

–Pero ahora, las circunstancias son muy diferentes...

Bethany oyó a su madre llamándolos desde la cocina e intentó disimular un suspiro de alivio mientras se levantaba del sofá como un rayo. Cuando su padre salió del salón le hizo un gesto a Cristiano.

–¿Qué?

–Estate quieto.

–¿Qué quieres decir?

–¡Deja de tocarme!

–Por tu culpa, se supone que yo debo hacer el papel del novio enamorado, de modo que todo el mundo esperará que nos toquemos un poco. Y corrígeme si me equivoco, pero nadie ha dicho nada sobre un embarazo. Curioso, ¿no te parece?

–¿Qué quieres decir?

Cristiano no pudo contestar porque habían entrado

en la cocina, de la mano, como una pareja enamorada.

–He calentado un pollo que tenía en el congelador –dijo Eileen mientras se sentaban todos alrededor de la mesa de pino–. Espero que te guste, Cristiano.

Mientras sus padres hablaban con él, Bethany se torturaba preguntándose qué habría querido decir. ¿Pensaba que estaba mintiendo, que se había inventado el embarazo?

Nunca en su vida había necesitado tanto tomar una copa, aunque sólo fuera para evitar el interrogatorio de su madre sobre dónde se conocieron o cómo se conocieron. Ningún intento de llevar la conversación hacia otro tema daba resultado. Aunque afortunadamente, su padre había dejado de interrogar a Cristiano sobre sus actividades en África.

Lo que le había parecido una buena idea en su momento para ahorrarle a sus padres la angustia y la desilusión de ver a su hija embarazada y sola, había terminado siendo una catástrofe.

Y aún peor era comprobar que sus padres estaban encantados con él. Cristiano contaba anécdotas divertidas como un mago sacaba conejos de la chistera.

–Ahora entenderás a qué me refería cuando dije que era extraordinario, mamá –le dijo Bethany a su madre una vez solas en la cocina.

–Cariño, me alegro muchísimo por ti. Es una pena que hayas tenido que dejar los estudios por el momento, pero no creo que a Cristiano le importe que los retomes después, ¿verdad?

Bethany se apoyó en la encimera, aguzando el oído para ver si el extraordinario hombre en cuestión, que había vuelto con su padre al salón, volvía sin avisar.

–Bueno, siempre es bueno tener un título universitario.

–Pero no olvides que ahora tienes otras obligaciones, cariño.

Bethany hizo una mueca.

–No creo que se me vaya a olvidar.

En realidad, había empezado a acostumbrarse a la idea de tener un hijo. Lo que fue una enorme sorpresa al principio se había ido convirtiendo en parte de su día a día. Era una bendición que sus padres la apoyasen porque no había querido seguir en la universidad estando embarazada y no le apetecía vivir sola en Londres siendo madre soltera.

–Le he dicho a tu padre que no diga nada sobre el niño –siguió Eileen–. No sabía si se lo habías contado ya a Cristiano.

–Gracias, mamá.

–Pero no pareces tan contenta de verlo como uno podía esperar. Sé que habías pensado que estaría en África varios meses más con sus proyectos...

–¡Pero aquí estoy!

Cristiano entró en la cocina y le pasó un brazo por los hombros. Con desgana, Bethany le pasó el suyo por la cintura. A través de la camisa podía notar la dureza de su cuerpo y, de repente, sintió un escalofrío.

–Y, como le decía a John, portador de buenas noticias.

–¿Qué quieres decir? –Bethany lo miró, atónita.

–No más proyectos en África...

Sólo cuando su madre lanzó un grito de alegría entendió de qué estaba hablando.

–¡Qué bien! –Bethany intentó poner entusiasmo en su voz mientras veía cómo la última esperanza de que desapareciera de su vida se iba por la ventana.

–Mi prioridad es estar contigo –siguió Cristiano–. ¿Verdad que sí, cariño? Contigo y con el niño.

De repente, el mundo se llenó de arco iris y angelitos. Por lo menos, eso era lo que creían sus padres. Su madre no podía contener la emoción y, mientras todos hablaban a la vez, Bethany se dio cuenta de que ya no controlaba la situación.

Cristiano se había encontrado sin darse cuenta a punto de ser padre en cuatro meses, unido a una mujer a la que odiaba, una mujer a la que consideraba una mentirosa redomada y a saber qué más. Aunque tampoco ella lo estaba pasando mejor.

¿Cuándo había sido su sueño encontrarse embarazada de un hombre del que estaba enamorada, pero no quería saber nada de ella? ¿Desde cuándo era ése el sueño de una mujer?

–No sabíamos si Beth te lo había dicho...

–La verdad es que nos quedamos muy sorprendidos cuando nos dio la noticia...

–Pero ahora que te hemos conocido no podríamos pedir un yerno mejor...

–¡Papá!

–Por supuesto, no es que queramos meternos en vuestra vida –se apresuró a decir Eileen–. Tendrás que perdonarnos, pero somos un poco anticuados para ciertas cosas.

–A mi madre le pasa lo mismo –dijo Cristiano.

El padre de Bethany le había preguntado en el salón si sabía lo del embarazo antes de irse a África y, desde ese momento, Cristiano se había despedido de su libertad para el resto de su vida. ¿Qué otra cosa podía hacer? Era algo totalmente inesperado, pero no podía librarse de ello y, en parte, era culpa suya.

Intentó imaginar qué dirían su madre y su abuelo y, durante unos segundos, entendió que Bethany hubiese inventado aquella mentira.

–Mañana tendrás que hablarnos de tu familia porque Bethany no nos ha contado mucho sobre ella –John puso una mano sobre el hombro de su mujer–. Pero ahora mismo, Eileen y yo nos vamos a la cama.

–Y puede que seamos anticuados, pero no tanto como para esperar que durmáis en habitaciones diferentes –dijo ella, riendo.

–¡Pero mamá! –casi gritó Bethany–. Nunca habéis dejado que Shania o Melanie durmieran con sus novios.

–Ésta es una situación muy diferente, ¿verdad, cariño?

–Sí, bueno... pero ésa no es razón. En fin, yo no quiero faltaros al respeto...

–Menos mal que nos libramos de la cama pequeña hace años. ¿Recuerdas cómo te enfadaste cuando tiramos el cabecero? Tenía una colección de pegatinas que llevaba poniendo desde los cuatro años, ¿te lo puedes creer, Cristiano? Las quitó todas y las puso en un álbum.

Bethany se puso colorada. ¿Su madre imaginaba que eso era algo que se debiera contar a la gente? ¿No se daba cuenta de que la hacía parecer una mema?

Además, ¿por qué iba a imaginar su madre que no querría compartir habitación con su impresionante y guapísimo prometido?

Después de decir eso sus padres se dirigieron a la escalera, charlando y riendo, y dejando un silencio brutal tras ellos.

–Bueno... –empezó a decir Cristiano–. ¿Por dónde empezamos?

–Podemos empezar por el hecho de que no pienso compartir habitación contigo. Puedes dormir en la de Shania. Si nos levantamos temprano y hacemos la cama, mis padres no tienen por qué saberlo.

–A mí se me ocurre un sitio mejor para empezar –Cristiano cerró la puerta y se volvió hacia ella–. Por ejemplo, que me cuentes si te quedaste embarazada a propósito.

Bethany lo miró, horrorizada.

–¡Eso es lo más absurdo que he oído nunca!

–Tú me has engañado para meterte en mi vida...

–¿Qué? Pero si yo no te conocía de nada, fuiste tú el que se empeñó en invitarme a cenar.

–Sí, claro, pero al descubrir quién era decidiste que era un buen partido. ¿Y qué mejor manera de enganchar a un hombre que quedando embarazada?

Bethany soltó una risotada incrédula.

–¿Crees que yo había planeado esto? ¿De verdad crees que quería dejar mis estudios y perder mi independencia para tener un hijo? –los ojos de Bethany se llenaron de lágrimas.

Estaba al borde un ataque de nervios. El embarazo apenas se le notaba, pero durante los últimos meses no había podido pensar en otra cosa. Había vivido día a día, sin atreverse a hacer planes para el futuro. El sueño de vivir de manera independiente en Londres estaba destrozado y no quería ni pensar qué iba a hacer cuando naciese el niño. Era como si el plan A, en el que había basado todo su futuro, se hubiera convertido de repente en otro plan que no podía controlar. ¿Dónde estaría en seis meses, un año? ¿Dónde iba a vivir? No podía seguir en casa de sus padres con un niño pequeño, durmiendo en la habitación que había ocupado de niña.

¿Pero dónde podía ir? ¿Y cómo iba a ganar un sueldo decente si no había terminado sus estudios?

¡Que Cristiano le preguntase tranquilamente si había planeado el embarazo era demasiado para ella!

–¿De verdad te crees tan buen partido? ¡Eres arrogante, cruel y la persona más esnob que he conocido nunca! –le espetó, clavando un dedo en su pecho–. ¿De verdad crees que tiraría mi futuro por la ventana para estar con un hombre que me cree una mentirosa y me odia a muerte?

–Cálmate –dijo Cristiano entonces.

¿Arrogante, cruel, esnob? ¿Se atrevía a insultarlo? Que él supiera, había sido totalmente sincero con ella.

–Es imposible hablar contigo –la furia de Bethany aumentó al ver que Cristiano estaba tan tranquilo. Si no salía de la cocina de inmediato explotaría y sus padres oirían la explosión... hasta el pueblo entero podría oírla.

–Tienes que calmarte, estás histérica.

–¡Tú me pones histérica! –replicó.

Pero cuando lo miró a los ojos de repente se sintió

mareada. ¿Cómo era posible que le hiciera eso? ¿Cómo podía hacerla sentir mareada y convulsa cuando ella sólo quería sentir repulsión?

–No pareces embarazada.

–¿Que?

–¿No deberías estar... más gordita?

Bethany se quedó totalmente desconcertada.

–A algunas mujeres no se les nota hasta los últimos meses. ¿Por qué has cambiado de tema?

–Porque en tu estado no deberías enfadarte tanto.

–¿Y qué esperas que haga cuando me acusas de haberme quedado embarazada a propósito? Además, si hubiera sido tan idiota como para hacer eso, ¿no se te ha ocurrido pensar por qué no me he puesto en contacto contigo? Yo no he ido a buscarte.

–¿Por qué no lo has hecho?

–Por la misma razón por la que me marché sin decirte nada. Yo no soy una chica de clase alta, forrada de dinero, soy la clase de persona a la que tú no mirarías dos veces. Tú mismo dijiste que nunca tendrías una relación con una mujer que no fuese de tu mundo porque te preocuparía que buscase sólo tu cuenta corriente.

–¡Yo nunca he dicho eso!

–¡Pues claro que sí! Dijiste eso exactamente.

–Sí, bueno, es posible que lo dijera... no me acuerdo.

Bethany sacudió la cabeza.

–Cuando descubrí que estaba embarazada supe que no podía ponerme en contacto contigo. ¿Qué habrías dicho si hubiera aparecido en tu casa, embarazada y sin dinero? No me digas que te hubieras alegrado.

–Eso no tiene nada que ver.

–¿Ah, no?

–Yo merecía saberlo. Estamos hablando de un hijo. ¿No tenías intención de contarme que ibas a tener un hijo mío?

Bethany apartó la mirada. Tal vez debería haberle informado, pero sabiendo lo que pensaba... no, había desechado la idea de inmediato.

–La verdad es que no. O tal vez con el tiempo, dentro de unos años, no lo sé.

Cristiano imaginó a su hijo creciendo lejos de él, con un padrastro que entraría en su vida en algún momento... y eso lo indignó. Como lo indignaba pensar en ella en los brazos de otro hombre. Pero apartó ese pensamiento y decidió ser práctico.

–Me sorprende que les hablases de mí a tus padres. Podrías haberme matado, por ejemplo.

Ella levantó la mirada, sorprendida. Unos segundos antes parecía furioso y, sin embargo, ahora su tono era suave, incluso burlón.

–No soy tan mala persona. Además, considerando que has aparecido aquí sin avisar, menos mal que no lo hice. Explicar la repentina aparición de un prometido inesperado es una cosa, explicar la aparición de alguien que ha vuelto a la vida hubiera sido imposible.

Ahora que el enfado empezaba a disiparse, Bethany se dio cuenta de lo cerca que estaban. Prácticamente tocándose. Nerviosa, dio un paso atrás y le dijo que se iba a la cama.

–¿Dónde está tu maleta?

–En un hotel, a varios kilómetros de aquí.

–Ah, claro, la antigua mansión.

Podría sugerir que se fuera, pero a sus padres les parecería raro, especialmente después de haberse mostrado tan modernos como para aceptar que durmiesen juntos.

–O sea, que no tienes tus cosas aquí. ¿Cómo piensas dormir?

–No me digas que tienes tan mala memoria.

Bethany volvió a ponerse colorada al recordar las noches que habían pasado juntos. Desnudos. Para ella había sido una novedad, pero Cristiano ni siquiera tenía un par de pijamas.

–No, no tengo tan mala memoria. Y apártate, por favor, voy a mi habitación.

Cristiano se apartó, aunque sabía que la discusión no había terminado. Fuese Bethany Maguire, Amelia Doni o la reina de Inglaterra, seguía siendo tan peleona y tan impredecible como siempre. Y, como siempre, lo hacía sentir como si estuviera dentro de una lavadora en el ciclo de centrifugado.

Además, le interesaba saber qué iba a pasar cuando llegasen a la habitación.

Cristiano observó su pequeño y redondo trasero mientras empezaba a subir la escalera. Una cosa que no había olvidado era su elegancia natural. Se movía como si fuera una bailarina, aunque seguramente nunca habría tomado clases de ballet. Resultaba imposible saber que estaba embarazada con ese jersey tan ancho y, además, por detrás sus formas eran las mismas.

Por primera vez, Cristiano empezó a pensar en el niño, olvidándose de todo lo demás. Su madre y su abuelo estarían encantados, por supuesto. Podría no haber ocurrido en las mejores circunstancias, pero el resultado sería recibido con los brazos abiertos.

Habían llegado al final de la escalera y Bethany se volvió, señalando el pasillo.

–Mi habitación es la última de la derecha –le dijo, en voz baja–. Volveré en cinco minutos y para entonces espero que te hayas hecho una cama en el suelo.

–¿Dónde vas?

–A buscar una manta, pero puedes usar una de mis almohadas.

Cristiano entró en la habitación y miró alrededor. Tenía una ventana que hacía esquina y las paredes estaban pintadas en color crema. Los muebles eran viejos y pesados, para nada de su gusto, pero parecían encajar bien con la casa. Y la cama era grande, con cuatro almohadones... ninguno de los cuales iba a terminar en el suelo.

Cristiano se quitó los zapatos y los calcetines y se dejó caer sobre la colcha con una sonrisa de satisfacción, imaginando la reacción de Bethany cuando volviera y lo encontrase allí.

No tuvo que esperar mucho tiempo.

Literalmente, habían pasado cinco minutos cuando Bethany se detuvo en la puerta. Al verlo en la cama, tan tranquilo con las manos en la nuca, estuvo a punto de cerrar de un portazo, pero contuvo el impulso y la cerró suavemente.

–¿Qué estás haciendo? –le espetó, tirándole la manta.

–Disfrutando de este colchón tan estupendo. Mucho más cómodo que el del hotel, lo cual demuestra que el dinero no siempre compra lo mejor.

–Bueno, pues ahora que lo has disfrutado un rato ya puedes hacerte una cama en el suelo –la intimidad de a habitación estaba ahogándola y Bethany tenía que hacer un esfuerzo para moverse–. He traído un pijama de mi padre. Póntelo, por favor.

–¿Por qué? Ya me has visto desnudo.

–Eso fue entonces... da igual, ve al baño y ponte el pijama.

–No pienso dormir en el suelo.

–¡Pues entonces lo haré yo!

–No, no, de eso nada –Cristiano se levantó de un salto–. Tú vas a meterte en la cama conmigo. No voy a dejar que una mujer embarazada duerma en el suelo.

–Entonces duerme tú en el suelo –insistió ella.

–Si cuando salga del baño compruebo que has hecho una cama en el suelo no me va a hacer ninguna gracia.

–¡Sí, claro, y lo importante es que tú estés contento!

–Ah, entonces ya estamos de acuerdo en algo.

Cristiano tuvo que sonreír mientras salía de la habitación para ir al cuarto de baño. Casi había olvidado lo guapa que se ponía cuando estaba enfadada.

Bethany se puso el pijama de franela a toda prisa y, después de apagar la luz, se metió en la cama, colocando uno de los almohadones como barrera. Luego se tumbó de lado y cerró los ojos. Pero nada de eso la protegió de un cosquilleo cuando oyó que se cerraba la puerta unos minutos después. Cristiano se movía de manera tan silenciosa que cuando el colchón se hundió de un lado estuvo a punto de caer sobre él.

–Sé que no estás dormida y, aunque me alegro de que hayas aceptado por fin que nadie va a dormir en el suelo, no me gusta esa almohada en medio –Cristiano la quitó dando un tirón–. Ah, así está mucho mejor. Y ahora tenemos que hablar.

Bethany se volvió para decir que no tenían nada que hablar, pero tuvo que contener un gemido al ver su torso desnudo.

–¿Dónde está el pijama de mi padre?

–En el suelo, junto con mis calzoncillos.

–Pero...

–No te preocupes, llevo el pantalón. Pero supongo que entenderás que tenemos que hablar. Y me refiero a una conversación sin gritos.

Bethany se había puesto un pijama de abuela, pero el cuerpo de Cristiano no reaccionaba como debería.

–Éste no es un buen sitio para tener esa conversación.

–¿No? Pensé que aquí era donde hablaban todas las parejas, en la cama.

–Nosotros no somos una pareja.

–Entonces dime lo que somos.

Bethany, que había empezado a acostumbrarse a la oscuridad, podía ver su cara y era una tortura estar tan cerca.

–No creo que sea el mejor momento...

–Muy bien, cambiemos de tema. Después de todo, no querría dañar esa frágil conciencia tuya. ¿Ha cambiado mucho tu cuerpo?

–¿Perdona?

–Tu cuerpo –insistió Cristiano–. ¿Ha cambiado mucho? Me gustaría tocarte para sentir al niño –Cristiano metió una mano bajo la chaqueta del pijama–. Estarás de acuerdo en que tengo derecho.

Capítulo 6

QUÉ ESTÁS haciendo? –Bethany intentó apartar su mano, pero Cristiano no la dejó.

–Lo escondes bien.

Era increíble que no se hubiera dado cuenta antes. Claro que antes no había estado mirando.

–No... –Bethany no pudo terminar la frase, con la cara ardiendo mientras él acariciaba su estómago.

–¿No qué? Tengo todo el derecho a hacerlo, ¿no te parece? Soy el padre pródigo, recién llegado de sus viajes por lo más profundo de África.

–Eso no tiene ninguna gracia.

–No, tienes razón. Hace veinticuatro horas yo sólo era responsable de mí mismo –Cristiano apartó la mano, asaltado en ese momento por la magnitud de la situación.

–Hace veinticuatro horas eras un hombre que había venido a echarme la bronca por haberlo engañado.

–Y no sabía hasta qué punto.

–Pero no me habrías buscado de no haber descubierto que no era quien decía ser, ¿verdad?

¿Estaba esperando que la contradijera? Bethany se puso colorada al darse cuenta de que así era. Una tontería, pero le gustaría saber que había sido algo más que una aventura de un par de semanas.

–¿Esperabas que lo hiciera?

–No, claro que no. Por eso volví aquí cuando supe que estaba embarazada. ¿No te parece normal que no te llamase para darte la noticia?

–No tengo intención de ser cómplice en tus justificaciones.

–Ah, claro, porque tú estás por encima de todo –Bethany intentaba contenerse para no gritar porque no quería que sus padres fuesen corriendo a ver qué pasaba.

–Si con eso quieres decir que soy sincero con la gente, desde luego.

–¿Nunca has hecho nada que no debieras, Cristiano?

–Sí, pasé dos semanas en Barbados con una mujer a la que apenas conocía. Uno podría decir que ése ha sido uno de mis grandes errores.

–Muy bien, de acuerdo –Bethany tuvo que hacer un esfuerzo para disimular cuánto le dolía ese comentario–. Pero es muy feo decirle eso a una persona.

Y Cristiano sabía que tenía razón. Además, era mentira, pero no iba a confesarle que esas dos semanas habían sido las mejores de su vida. Y tampoco quería escuchar esa vocecita que le decía que sí, que tal vez la habría buscado en cualquier caso ¿Qué clase de hombre buscaría a una mujer que lo había dejado plantado? Se negaba a incluirse a sí mismo en esa categoría.

–Te pido disculpas, tienes razón.

–Ah, vaya, entonces no pasa nada –Bethany suspiró, mirando al techo e intentando olvidar que él estaba a sólo unos centímetros.

Cristiano tuvo que disimular una sonrisa. Sí, muy bien, su vida se había puesto patas arriba, pero también la de ella. Otra mujer, enfrentada con un ex amante furioso, un hombre con dinero y contactos que podría mover montañas, un hombre que había sido engañado, al menos tendría la decencia de ser humilde. Pero Bethany no lo era. Al contrario, se defendía con uñas y dientes.

–Bueno, ahora que he aparecido, repuesto de la malaria y la hambruna, ¿qué piensas hacer conmigo?

Como esperaba, Bethany no contestó a la pregunta inmediatamente, dejando que el silencio se alargase hasta que casi podía oler la tensión.

–Afortunadamente, yo estoy dispuesto a cumplir con mi deber.

–¿Qué quieres decir con eso?

–Estás embarazada y yo soy un hombre que se toma sus responsabilidades muy en serio, de modo que estoy dispuesto a casarme contigo.

–¿Casarte conmigo? ¿Has perdido la cabeza? –Bethany lo miró, incrédula. ¿De verdad esperaba que aceptase sólo porque era un hombre responsable y se tomaba las cosas en serio?

–¿Qué te parece?

–¿Qué me parece? –Bethany se sentó sobre la cama porque le resultaba ridículo mantener esa conversación en posición horizontal–. ¡Que no pienso casarme contigo! No estamos en el siglo XIX, Cristiano.

–Considerando que tú has tenido que inventarte un prometido imaginario, no debemos estar muy lejos –replicó él.

–Inventar un prometido imaginario no es lo mismo que casarse con un hombre que me odia.

–Yo no te odio. Además, no tiene sentido involucrar las emociones en esto.

–¿Cómo que no tiene sentido?

–Baja la voz o despertarás a tus padres.

Bethany tuvo que contar hasta diez.

–Muy bien, voy a bajar la voz porque no quiero que mis padres se preocupen, pero no voy a casarme contigo. Nunca, jamás. Fue una estupidez que no tuviéramos el cuidado que deberíamos haber tenido, pero sería aún más estúpido sacrificar nuestras vidas por el niño.

Cristiano saltó de la cama y ella tuvo que hacer un esfuerzo sobrehumano para no mirar a aquel hombre semidesnudo en su habitación.

–No sé por qué te enfadas. La mayoría de las mujeres habrían dicho que sí, ¿y entonces qué sería de ti? Estarías atrapado en un matrimonio sin amor.

No había que ser un genio para saber eso. Cristiano era un hombre rico e inteligente que no sentía nada por ella, de modo que sólo sería la madre de su hijo, una mujer a la que no le sería fiel.

–¿Entonces qué sugieres? –preguntó Cristiano.

Estaba claro que debían ser prácticos, pero tenía que hacer uso de todo su disciplina para controlar su temperamento. Desde que supo cuál era la situación había sabido lo que debía hacer y lo dejaba atónito que su oferta de matrimonio hubiera sido rechazada. Pero, evidentemente, Bethany no pensaba lo mismo. Tal vez debido a las hormonas. O tal vez porque no razonaba como la mayoría de los seres humanos, al menos en el caso de las mujeres. Tenía razón al decir que la mayoría de ellas hubieran aceptado de inmediato.

Bethany sabía que Cristiano sólo le había propuesto matrimonio para aliviar su conciencia. Siendo una persona decente había cumplido con su obligación, pero la oferta había sido rechazada de modo que era hora de seguir adelante. Prácticamente podía oír su suspiro de satisfacción.

–Bueno, tendrás que quedarte un par de días, me imagino. Si no, a mis padres les parecería un poco raro...

Cristiano se cruzó de brazos y ella se pasó la lengua por los labios, intentando animarse a sí misma.

–Luego tendrás que volver a Londres. No puedes quedarte aquí para siempre porque tienes mucho trabajo. Mis padres saben que eres un hombre de negocios y...

–¿Y qué harás tú?

–Quedarme aquí, por supuesto.

–¿Cómo que por supuesto? ¿A tus padres no les parecería raro que me fuera y te dejase aquí?

Aquella historia tenía más agujeros que un colador y Cristiano tuvo que contenerse para no decírselo con toda claridad.

–Siempre podría decirles que vamos a reunirnos más adelante, que por el momento y en mi estado prefiero quedarme con ellos porque tú tienes que viajar...

–¿No habíamos dejado claro que no iba a volver a África?

–Pero viajas mucho, ¿no? ¿Por qué no me ayudas

un poco? ¿No te das cuenta de que estoy intentando encontrar una solución que nos convenga a los dos?

–Creo que lo que deberíamos hacer es dormir un poco –suspiró él, tumbándose en la cama.

–Pero no hemos aclarado nada.

–Estoy cansado, quiero dormir un rato. Pero tú puedes dejar que esa fértil imaginación tuya te diga cuál debe ser el siguiente paso –Cristiano se puso de lado, dándole la espalda.

Cinco minutos después Bethany notó que se había quedado dormido, pero ella tardó una hora en conciliar el sueño. Una hora durante la cual se le durmieron la pierna y el brazo derechos por tenerlos inmóviles durante tanto rato.

Cuando abrió los ojos se encontró cara a cara con Cristiano, casi rozando su nariz. Mientras dormían, ella había metido una pierna entre sus muslos y él tenía un brazo sobre su cintura.

Como una ladrona, aprovechó la oportunidad para mirarlo a placer, para expresar sus sentimientos. Le gustaría alargar la mano para trazar el contorno de su boca y su nariz. Solía hacer eso cuando eran amantes y a él le parecía divertido entonces que lo mirase como si fuera el hombre más atractivo de la tierra.

Estaba haciendo una lista de todo lo que le parecía atractivo cuando él abrió los ojos. Bethany intentó apartarse, pero Cristiano la sujetó.

–Estás despierto –murmuró, sin saber qué decir.

Y él se limitó a sonreír mientras enredaba los dedos en su pelo. Bethany ya no fingía querer apartarse, notó. Y el silencio era tan espeso que podía oír su agitada respiración. No se había dado cuenta de lo silencioso que era aquel pueblo, pero él estaba acostumbrado al estruendo de las grandes ciudades...

Estaba excitado y supo que Bethany se había dado cuenta cuando la oyó suspirar. Aunque sólo estuvieron juntos quince días, había sido una experiencia tan intensa que parecía capaz de leer hasta sus más pequeñas reacciones. Como por ejemplo que se hubiera movido un milímetro para estar más cerca. Y se dio cuenta de que él mismo estaba conteniendo el aliento.

–Te he echado de menos –le confesó–. Te fuiste y no podía dejar de pensar en ti.

Bethany sintió como si un golpe de aire la hubiera llevado al cielo. Suspirando, cerró los ojos y echó la cabeza hacia atrás cuando Cristiano empezó a acariciarla.

–He pensado en tocarte mil veces –murmuró–. Tus pechos son más grandes ahora.

–Sí –asintió ella, casi sin voz.

–Y tus pezones también, ¿verdad?

–Espera... –Bethany sentía como si tuviera fiebre. No, como si se hubiera declarado un incendio en su interior, que era lo que había sentido en cuanto entró por la puerta.

–Calla –Cristiano se inclinó hacia delante y Bethany abrió los labios para recibir la invasión de su lengua. El beso era apasionado, urgente, y cuando lo sintió palpitar sobre ella deseó librarse del pijama que se había puesto para evitar el encuentro–. Quiero verte –dijo él con voz ronca.

No le dio tiempo a contestar. En aquel momento estaba rendida y no quería que se pusiera a la defensiva otra vez. De modo que levantó la chaqueta del pijama para besar sus pechos, preguntándose cómo había podido engañarse al pensar que su vida volvería a la normalidad en cuanto regresara a Londres. ¿Qué tenía aquella mujer que lo volvía loco y le hacía perder el control de esa manera?, se preguntó.

Jadeando, pasó la lengua por sus aureolas, más grandes y oscuras que antes. Su cuerpo estaba preparándose para dar a luz y, no sabía por qué, pensar eso lo excitaba. Envolvió uno de sus pezones con los labios y empezó a tirar de él suavemente, disfrutando al notar que temblaba. Con una mano acariciaba sus pechos mientras bajaba la otra hasta la curva de su abdomen que había estado escondida bajo el jersey. Siguió bajando hasta tocar el elástico del pijama y tiró hacia abajo.

Mareada de sensaciones, Bethany arqueó la espalda y, al notar el roce de su barba mientras chupaba el pezón, enredó apasionadamente los dedos en su pelo. Y, sin pensar, se encontró diciéndole que no parase.

Cristiano murmuraba palabras dulces sobre los cambios en su cuerpo y esas palabras eran tan eróticas como sus caricias. Tan eróticas como los besos que depositaba en su abdomen, en su vientre, en el interior de sus mulos... hasta darle el más íntimo de todos. Bethany levantó las caderas ante el exquisito tormento que la llevaba al borde del precipicio. Lo había hecho otras veces, llevarla hasta el borde para esperar luego, pero en esta ocasión, antes de que pudiera echarse atrás, Bethany cayó por el precipicio, las olas de placer sacudiendo su cuerpo. Y cuando por fin se calmó, Cristiano la miraba, sonriendo.

–¿Estás bien?

Bethany murmuró algo ininteligible que lo hizo sonreír aún más.

–No deberíamos haberlo hecho –consiguió decir después.

–¿Por qué utilizas el pasado? Yo te encuentro muy sexy.

–No, no es verdad.

–Para mí sí –Cristiano abrió sus piernas con una mano, acariciando la húmeda entrada de su cueva–. Los hombres somos criaturas muy sencillas –dijo luego, rozándola con su miembro–. Y una demostración de virilidad siempre es satisfactoria. Es muy machista, ya lo sé.

Nunca antes se había sentido tan liberado cuando entró ella, con cuidado al principio, más rápido después, más fuerte cuando ella lo animó. Desde la primera vez que hicieron el amor sus cuerpos parecían llevar el mismo ritmo; un ritmo no se había perdido en esos meses de separación. Se movían como si fueran uno solo. Tal vez por eso hacer el amor con ella siempre había sido una experiencia tan asombrosa.

Agotado después de un orgasmo que había sido uno de los mejores de su vida, Cristiano se tumbó de espaldas, contento porque las cosas se habían solucionado entre ellos.

–Ha sido un error.

Tardó un momento en registrar las palabras de Bethany y se volvió hacia ella pensando que no había oído bien.

–¿De qué estás hablando?

–No deberíamos haber hecho el amor. Ahora voy

a tener que darme una ducha y me voy a congelar porque se ha apagado la calefacción –Bethany iba a levantarse de la cama, pero él la sujetó.

–No tan rápido. ¿Por qué no deberíamos haber hecho el amor? No te he oído quejarte hace cinco minutos.

–No estoy diciendo que no me sienta atraída por ti, pero eso no significa nada.

–No sabes lo que dices.

–¿Ah, no? ¿Crees que me conoces mejor que yo misma?

–Sí –contestó él–. Sé, por ejemplo, que no tienes ni idea de cómo llevar esta situación.

–¿Cómo te atreves?

–Me atrevo porque voy a tener que pensar por los dos –dijo Cristiano entonces–. Y no vuelvas a enfadarte, yo te he escuchado y ahora te toca escuchar a ti la voz de la razón.

–No me lo puedo creer. ¿La voz de la razón?

–Pues empieza a creerlo porque es muy sencillo. Estás embarazada y, te guste o no, yo no tengo intención de desaparecer de tu vida. No pienso irme a Afganistán a abrir un centro médico ni a África para ver cómo van los ambulatorios. Y tampoco pienso convertirme en el frío ex amante que te deja tirada al saber que estás embarazada. Enfréntate a eso y puede que lleguemos a algún sitio.

–Muy bien, tal vez no tengas que desaparecer. Estoy dispuesto a aceptar que veas al niño...

–Ah, qué generoso por tu parte –la interrumpió Cristiano, irónico–. ¿Qué sugieres, que venga a verte una vez al mes para ver cómo van las cosas?

–No sería tan difícil. No se tarda nada.

–Yo vivo en Londres y en Londres es donde vivirás tú –Cristiano se pasó una mano por el pelo, frustrado. ¿Qué le pasaba a aquella mujer? ¿Por qué estaba en desacuerdo con él cuando había aceptado la paternidad del niño de manera tan generosa?

–¿Crees que puedes ganarte mi afecto forzándome a hacer algo que no quiero?

–¿Forzándote a hacer...? Te he ofrecido matrimonio y me has rechazado, aunque sería la solución más razonable. Además, no es que no nos sintamos atraídos el uno por el otro. Puedes decir que ha sido un error, pero sólo estábamos haciendo lo que hacen dos personas que se gustan.

–Y, en tu opinión, el sexo y el sentido del deber son suficientes para un matrimonio, ¿no? ¿Si hubieras dejado embarazada a otra mujer lo habrías solucionado de la misma forma, con un matrimonio de conveniencia?

–Ésa es una situación hipotética, de modo que no tengo por qué contestar. La cuestión es que no hay otra mujer –dijo él.

Pero, aunque no estaba acostumbrado a darle vueltas a las cosas, debía reconocer que tenía dudas sobre si habría querido casarse con otra mujer en la misma situación. Tal vez porque ninguna de las chicas con las que había salido lo atraía como Bethany. Tal vez porque su relación se había roto abruptamente. Pero no ganaba nada pensando en ello.

–Me atacas por querer casarme contigo, pero no te has parado a pensar que sería beneficioso para el niño tener un padre y una madre. Yo vengo de una familia muy convencional y tú también. No sé por qué crees que ser madre soltera es lo mejor.

–No he dicho que fuera lo mejor. Estás poniendo palabras en mi boca.

–Estoy poniendo ideas sensatas en tu cabeza.

–No digas tonterías –replicó Bethany.

Pero empezó a pensar cómo habría sido crecer sin tener a su padre y a su madre... No, se dijo a sí misma, Cristiano estaba intentando hacer que se sintiera egoísta. Egoísta por no querer casarse con un hombre que ni la quería ni la respetaba. Cristiano aceptaba que el sexo estaba bien y tal vez lo veía como una especie de extra. Y si no estuviera enamorada de él, tal vez también ella pensaría lo mismo. Pero estaba enamorada y aceptar un matrimonio de conveniencia sería como echar sal sobre una herida abierta.

–No es sensato hipotecar tu vida por algo tan convencional. Dos personas que no son felices no pueden educar a un niño. Sí, un padre y una madre es la situación ideal, pero sólo si son felices.

–Pues hace unos minutos éramos muy felices –le recordó Cristiano–. Y si me das la oportunidad, podríamos volver a serlo...

–¡No vamos a hacerlo otra vez! Ha sido un momento de locura.

–Tuvimos muchos de ésos cuando estábamos en Barbados. Pero todo tiene su precio.

–Mira, estoy dispuesta a que seamos amigos –dijo Bethany entonces, intentando disimular una mueca. Decirle que podían ser amigos cuando estaba en la cama con él, después de haber hecho el amor... casi le daban ganas de soltar una carcajada histérica–. Estoy dispuesta a dejar que... en fin, que formes parte de la vida del niño para acallar tu conciencia.

Cristiano no estaba de acuerdo. Tenían un problema y él había encontrado la manera de solucionarlo, de modo que no entendía por qué estaba siendo tan obstinada. ¿Y qué era eso de ser amigos? Que Bethany se sintiera tan atraída por él como él por ella dejaba claro que eso era imposible.

–Pero no deberíamos negarnos a nosotros mismos la posibilidad de encontrar a otra persona y ser felices –estaba diciendo en ese momento.

–¿Qué significa eso?

–Que podría haber otra persona para mí, un hombre que quisiera casarse conmigo porque me quiere, no por su sentido del deber.

Cristiano tuvo que hacer un esfuerzo para no saltar de la cama. Pensar en ella con otro hombre le resultaba intolerable.

–¿Qué clase de hombre? ¿Alguien de aquí?

–No lo sé.

Conocía a muchos chicos del pueblo, pero sabía que todos saldrían corriendo ante la idea de casarse con una mujer que esperaba un hijo de otro hombre. Era un pensamiento deprimente, pero más deprimente aún era saber que ella no miraría a ningún hombre teniendo a Cristiano en el corazón.

–Sólo un santo querría salir con una mujer embarazada de otro hombre –dijo Cristiano–. Especialmente otro hombre que no tiene intención de dejarle el campo libre.

Ahora más que nunca le parecía imperativo insistir en el asunto del matrimonio. La idea de que estuviera con otro hombre le resultaba por completo insoportable. Además, por mucho que ella quisiera creerlo, no iba a encontrar a nadie allí.

Bethany era una chica con mucha personalidad y se comería vivo a cualquiera. Afortunadamente para ella, él no era cualquiera.

Pero no iba a escuchar la voz de la razón, de modo que tendría que adoptar otra táctica.

–Estoy dispuesto a aceptar eso de que seamos amigos. Nos guste o no, vamos a ser padres y no creo que sea sensato que estemos enfadados. Y ahora, creo que me voy a dormir.

Bethany lo miró, perpleja, pero no dijo nada.

Y Cristiano sonrió, satisfecho consigo mismo porque creía estar haciendo lo correcto. Nunca había tenido interés en la institución del matrimonio, pero era lo ideal para todos. Para el niño, por supuesto. Pero también para su familia, que recibiría la noticia con entusiasmo.

Además, la tendría a ella. Esto último le parecía de vital importancia y supuso que era porque Bethany lo había rechazado, despertando su instinto de cazador. Después de un largo historial de mujeres que harían cualquier cosa por él, por fin había encontrado la horma de su zapato: una mujer que recurriría a cualquier cosa para *no hacer* lo que él quería. Salvo en la cama, donde perdía el control. Y sólo pensar en esa falta de control amenazó con excitarlo de nuevo.

Tomando todo eso en consideración, Cristiano estaba encantado consigo mismo cuando por fin se quedó dormido.

Cuando despertó, una luz grisácea se colaba por las cortinas, pero el otro lado de la cama estaba vacío. Pero había dormido como un tronco y se encontraba mucho mejor que por la noche. Acostumbrado a no ir a ningún sitio sin su ordenador, su Blackberry y su teléfono móvil se sentía alejado de la civilización, al menos hasta que volviese al hotel. Y, curiosamente, no tenía ninguna prisa por hacerlo.

Cuando iba a levantarse vio a Bethany en la puerta, con una falda larga y otro jersey ancho, esta vez de diferente color. Y se preguntó cómo conseguía hacer que un atuendo tan aburrido pareciese tan seductor.

–Veo que ya estás despierto –le dijo, cerrando la puerta porque, por experiencia personal, sabía que las paredes en casa de sus padres oían perfectamente bien.

Había pospuesto volver al dormitorio hasta el último momento. De hecho, hasta que su madre prácticamente había exigido que despertase a Cristiano para ofrecerle el desayuno irlandés que había preparado en su honor.

Cristiano le dijo que hacía tiempo que no dormía tan bien y Bethany, que estaba agotada porque no había pegado ojo en toda la noche, murmuró algo ininteligible.

–No tienes ropa limpia –comentó luego, mirando el torso desnudo que no se molestaba en esconder–. ¿Qué vas a ponerte?

–Puedo volver al hotel a buscar mi maleta.

–¿Has mirado por la ventana?

Cristiano se levantó de la cama y apartó la cortina... estaba nevando y el paisaje era espectacular. Los campos estaban cubiertos de nieve hasta donde llegaba la vista, el cielo de un gris plomizo.

–Bueno –le dijo, volviéndose para mirarla– dime qué tengo que hacer. Estoy a tus órdenes.

Capítulo 7

CRISTIANO lo descubrió muy pronto. Después de un buen desayuno, el tipo de desayuno que no había vuelto a probar desde que era un adolescente, con un apetito insaciable y abundante tiempo libre para quemar calorías, se encontró con una lista de cosas que hacer que, con toda seguridad, Bethany habría confeccionado con enorme satisfacción.

La mayoría de las tareas habían de hacerse fuera de la casa y, como no llevaba ropa adecuada, se vio obligado a usar un jersey y un pantalón de su padre, que le quedaban cortos y anchos por todas partes.

–Limpiar el camino, echar sal, cortar leña... comprar leche y pan en la tienda de la esquina –Cristiano empezó a leer la lista–. ¿Seguro que esto es todo? ¿No tienes más tareas al aire libre para mí?

Bethany estaba haciendo algo frente al fregadero, la viva imagen de una dulce ama de casa... de no ser por esa sonrisita.

–No, por el momento eso es todo. Y como tú eres don perfecto, seguro que no tendrás ningún problema.

Naturalmente, durante el desayuno Cristiano se había ganado a su madre llevando los platos a la mesa, a pesar de sus protestas, y a su padre con sus conocimientos de política, economía y, sobre todo, pensiones de jubilación, una de las grandes preocupaciones de John Maguire.

A ella la había ignorado por completo y Bethany había tenido que recordarse a sí misma que era lo mejor, considerando que eran *amigos*. Claro que tendrían que inventar alguna historia para explicarles a sus padres que no habría boda, pero cruzaría ese puente cuando llegase a él.

Mientras tanto, había conseguido exactamente lo que quería, su respeto. Cristiano había entendido la situación y estaba manteniendo las distancias. Nada de tomar su mano o rozarla a cada momento.

–Ah, ahora soy don perfecto –Cristiano sonrió, acercándose un poco más.

Bethany tragó saliva, intentando no imaginar que desabrochaba los botones de la camisa para acariciar su piel desnuda...

La ropa que había elegido para él, porque había dejado su maleta en el hotel, debería hacer reducido el *sex appeal* de Cristiano a cero. Era una de las prendas más viejas de su padre, una descolorida camisa de cuadros que usaba para trabajar en el jardín. Todo lo contrario a las camisas italianas que Cristiano solía llevar. Y, sin embargo, a él le quedaba fabulosa.

–No quiero que te mueras de frío –le había dicho mientras le daba la camisa y el pantalón de pana–. En esta parte del mundo hay que abrigarse bien, así que nada de camisitas de diseño...

–Además, habiendo pasado tanto tiempo en África

y Afganistán, yo no sabría nada sobre camisas de diseño, ¿verdad?

Bethany se cruzó de brazos.

–Seguro que no has trabajado con las manos en toda tu vida.

–¿Y por qué crees eso?

–Tú trabajas detrás de un escritorio.

–Pero cuando estaba en la universidad trabajaba todos los veranos en una obra –le informó él–. Siempre he pensado que el trabajo físico es bueno para el cerebro y te ayuda a mantener un sano equilibrio. Incluso ahora voy al gimnasio todos los días, así que hazme un favor e intenta no encasillarme –añadió, poniéndose un anorak que a su padre jamás le había quedado tan bien–. De hecho, cuando haya terminado con estas tareas, puede que ayude a tu padre con las vacas. Y ahora, si no te importa, sé una buena chica y encárgate de planchar mi camisa...

–¿Qué? ¿Cómo te atreves?

–¿A encasillarte? Eso es lo mismo que acabas de hacer tú.

Por toda respuesta, Bethany se limitó a darle la espalda. Aún estaba molesta por la conversación cuando su madre sacó la camisa de la secadora y le dio la tabla de planchar.

–No sé por qué no lo hace él mismo –murmuró, irritada.

–Si estás cansada puedo hacerlo yo, cariño. No me importa pasar la plancha un momento.

–No es eso, mamá. Sólo estoy diciendo que los días de lavar y planchar para tu marido han terminado.

–No creo que sea pedir demasiado planchar la camisa de Cristiano –dijo su madre, riendo–. Además, está siendo muy amable y, según tu padre, le ha dado muy buenos consejos sobre qué hacer con sus ahorros. En realidad, es una joya de hombre. Me gustaría que tus hermanas trajeran a casa un par de chicos como Cristiano.

–Mamá, he estado pensando... la verdad es que tengo ciertas dudas sobre casarme con Cristiano –Bethany se puso colorada cuando su madre se volvió para mirarla, perpleja.

–¿Por qué?

–En realidad no iba a decirte nada, pero... –cuanto más tiempo durase aquella mentira, más difícil sería aclarar la situación. Además, ¿qué iba a hacer cuando Cristiano se fuera a Londres? ¿Irse con él? ¿Vivir con él en su apartamento? ¿Quedarse sentada mientras él salía con otras mujeres?

No, imposible.

–Siéntate, Beth, voy a hacerte una taza de té. De hecho, creo que voy a hacer una taza de té para mí también.

–He estado pensando que todo ha ocurrido con demasiada rapidez. Sé que vas a decirme que también papá y tú os casasteis poco tiempo después de conoceros, pero las cosas ya no son así. El matrimonio no es la opción inmediata.

–Pero hija...

–Creo que no nos conocemos lo suficiente como para casarnos.

Como era de esperar, la expresión de su madre alternaba entre la preocupación y angustia.

–Pero os queréis, que es lo importante.

–Sí, bueno, pero yo creo que es más importante no dejarse llevar por el hecho de que voy a tener un hijo.

–Pero Cristiano es el padre y lo más natural...

–Lo sé, lo sé. Yo nunca le negaría sus derechos como padre, pero creo que es mejor pararse a pensar un poco ahora que lamentarlo más tarde. Siento mucho si papá y tú os lleváis un disgusto, pero me parece lo más sensato –Bethany se encogió de hombros, filosófica.

De esa forma, Cristiano volvería a Londres y no podría chantajearla para que fuese con él.

Debería sentirse aliviada después de haber aclarado la situación con su madre, pero de repente se vio asaltada por una extraña sensación de vacío. Haberle ganado por la mano era lo menos satisfactorio que había hecho nunca.

Además, su madre no podía entender por qué tenía dudas sobre alguien tan espectacularmente perfecto. Podía verlo en su cara. Cristiano se la había ganado y, aunque no decía nada, seguramente la culpaba a ella por ser demasiado exigente.

El ambiente era un poco tenso cuando se abrió la puerta y Cristiano y su padre entraron en la casa, llevando con ellos un golpe de viento y nieve.

Pero Bethany estaba preparada. Se había puesto el jersey más ancho que encontró en el armario, que le llegaba por debajo de la cintura, unas botas forradas de piel y un gorro de lana y lo secuestró antes de que pudiese entrar en la cocina.

–Tengo que hablar contigo –le dijo, mientras se ponía los guantes.

–¿No puede esperar? Tengo que darme una ducha.

–No, no puede esperar.

Cristiano no había imaginado lo que le esperaba, pero debía reconocer que se había adaptado muy bien. Incluso había encontrado una solución que podría no ser la apropiada para ella, pero era mucho más de lo que hubiesen hecho otros hombres.

No sabía cómo se había familiarizado tan pronto con la sierra mecánica para cortar la leña, pero también lo había hecho. Y aunque la nieve empezaba a apilarse de nuevo en el camino, había conseguido limpiar espacio suficiente como para que no resultase incómodo.

–Vamos al cobertizo, detrás de la casa. Te ayudaré a llevar la leña y podremos hablar allí.

–¿Por qué tengo la impresión de que esta charla no va a gustarme nada?

El cobertizo donde guardaban la leña, y donde estaba la caldera, era sorprendentemente grande, pero apenas iluminado por una bombilla.

–¿He saltado los primeros obstáculos con éxito? –le preguntó Cristiano cuando dejaron el último tronco sobre una pila de ellos–. ¿O se te ha ocurrido alguno más? ¿Tengo que demostrar que estoy a la altura?

–No tienes que demostrar nada.

–No, tienes razón. Me alegro de que al fin hayas llegado a esa conclusión.

Bethany estaba apoyada en la pared, con las manos a la espalda. Bajo esa ropa tan ancha tenía un aspecto pequeño y frágil, pero las apariencias solían ser engañosas, se recordó a sí mismo. Aquélla era la mujer que le había mentido sobre su identidad, que les había mentido a sus padres sobre él, que le había escondido su embarazo. Y, después de hacer el amor con ella, había salido con esa tontería de que fuesen *amigos*. Él le había ofrecido una solución a sus problemas, siendo tremendamente generoso, y ella se la había tirado a la cara. Él decía una cosa y Bethany inmediatamente decía la contraria. Él iba en una dirección y ella en la otra.

–He estado hablando con mi madre –empezó a decir Bethany entonces–. Le he dicho que no va a haber boda.

Cristiano no había esperado aquello.

–¿Y por qué has hecho eso? –le preguntó.

–Tú sabes por qué. Ya te he explicado que tener un hijo no es una razón para que dos personas se casen.

–¿Y tu madre no ha sentido curiosidad por esa decisión?

–Le he explicado que... podríamos estar a punto de cometer un error, que todo ha sido demasiado rápido.

–Ah, ya, como siempre, no le has dicho la verdad.

–Tú tienes que volver a Londres y sería una locura que yo fuese contigo, pero tampoco puedo quedarme aquí si mis padres creen que nuestra relación va viento en popa. Tenía que darles alguna explicación.

Cristiano decidió que tomarse las cosas con calma no iba a servir de nada. Y tampoco recordarle que no tenía intención de abandonar a su hijo para visitarla esporádicamente mientras ella intentaba encontrar a otro hombre.

De modo que dio un par de pasos hacia delante y Bethany sintió que el vello de su nuca se erizaba.

–¿Qué haces?

–No pienso pelearme más contigo.

Podía intentar engañarlo todo lo que quisiera, pero sentía su deseo llegándole en olas. De modo que apoyó las manos en la pared, a cada lado de su cara, y Bethany tuvo que hacer un esfuerzo para llevar aire a sus pulmones.

–¿Entonces estás de acuerdo en que... bueno, en fin, po-podemos discutir esto como adultos? ¿Que no hay necesidad de fingir que va-vamos a vivir el cuento de hadas que esperan mis padres? –Bethany apenas podía reconocer su propia voz.

–Claro que podemos, si eso es lo que quieres.

Su aroma masculino la envolvía de tal forma que tuvo que cerrar los ojos. Y cuando los abrió de nuevo, Cristiano estaba mirándola de esa manera tan erótica, como la miraba en Barbados...

Entonces se le ponía la piel de gallina y su cuerpo respondía al instante. Y en aquel momento le pasaba lo mismo. Sentía que sus pechos se hinchaban y el recuerdo de cómo había acariciado sus pezones con la lengua por la noche la calentó por dentro, a pesar del frío del cobertizo. Le gustaría dar un paso atrás, pero estaba pegada a la pared y no podía moverse.

–Bueno, me gustaría que... lo discutiéramos... –sabía que estaba tartamudeando y respiró profundamente, pero no sirvió de nada.

–Muy bien.

–Entonces, has decidido volver a Londres.

–Con esta nevada me parece que va a ser imposible –Cristiano se pasó una mano por la nuca antes de dar un paso atrás–. Pero dime cuándo quieres que me marche.

Bethany se miró los pies, cortada. Cristiano había decidido dejar de pelear, de modo que había conseguido lo que quería.

–Imagino que estarás deseando marcharte.

–No has respondido a mi pregunta.

–Marcharse ahora sería una locura. En esta zona uno nunca sabe cuándo va a parar de nevar...

Era increíble que después de haber deseado que se fuera ahora tuviese tanto miedo al pensar que podría irse de verdad. Sí, volvería de vez en cuando y seguramente se portaría bien, pero...

–Quieres que me vaya, ¿verdad? –Cristiano puso una mano en su cintura al ver que vacilaba. Había intentado ser amable, le había dado tiempo, pero ya estaba harto. Si no iba a admitir lo que sentía por él, tendría que recordárselo. Pero esta vez no iba a darle tiempo a levantar barreras.

–Tú sabes que sí.

–Para que puedas volver a tu ordenado mundo –mientras hablaba, Cristiano metía una mano bajo el jersey, pero debajo encontró un forro polar y debajo una camiseta. ¿Cuántas capas de ropa llevaba?

Bethany dejó escapar un gemido. Mientras estuviera un poco alejado podía echar mano de la lógica y el sentido común, pero cuando estaba tan cerca, tocándola, se encendía como una cerilla. Cristiano había logrado abrirse paso bajo las capas de ropa y notaba el calor de sus dedos sobre la piel. No llevaba sujetador porque los antiguos le quedaban pequeños y no se había molestado en comprar otros...

–Se supone que so-somos amigos –murmuró cuando él empezó a acariciar sus pezones.

–Me parece que eso de la amistad no me interesa. Intento pensar que somos amigos, pero enseguida me llega una imagen de ti desnuda, excitada... y me enciendo, Bethany –Cristiano levantó el jersey y acarició sus pechos con las dos manos.

–No, para... esto no es justo.

–Lo sé –murmuró él, besando su cuello.

Bethany buscó su boca con los ojos cerrados, sus lenguas moviéndose sinuosamente mientras tenía que apoyarse en la pared para no caer al suelo. Pero no podía estar quieta y enredó los dedos en su pelo, tirando de Cristiano hacia ella.

Lo oía decir algo, palabras en italiano que resultaban increíblemente eróticas, aunque apenas entendía lo que decía. Y cuando se paró un momento, con una voz que ni ella misma reconocía le pidió que siguiera.

Sólo una vez, se decía a sí misma. Aunque sabía que sucumbiría una y otra vez porque Cristiano le robaba la voluntad.

Él parecía capaz de separar el deseo de la emoción, pero para ella todo estaba mezclado y se odiaba a sí misma por no ser capaz de apartarse cuando sabía que le perjudicaba.

–¿Qué ocurre?

–No quiero que pares, pero te odio por... obligarme a decirlo.

–Tú no me odias, Bethany. Soy un reto para ti y

crees que tienes que pelearte conmigo, pero no es verdad. Si te sirve de consuelo, tú también eres un reto para mí y he descubierto que intentar luchar contra eso no sirve de nada. ¿Por qué seguimos negando lo que queremos?

–Tú no sabes lo que quiero –protestó Bethany.

–Sí sé lo que quieres –Cristiano le quitó el gorro de lana y enterró la cara entre sus rizos. Siempre olía a flores, fresca, limpia e inocente, tanto que podría perderse en su aroma.

Con una mano en su nuca, volvió a disfrutar de su boca mientras con la otra mano acariciaba sus femeninas curvas. No podía entender el poder que tenía sobre él, pero desde la primera vez que hicieron el amor lo había hecho sentir como un hombre hambriento que de repente se hubiera encontrado con un banquete.

–Cristiano, no, por favor... –Bethany tembló cuando metió la mano bajo el leotardo de lana, sus caricias despertando un volcán en su interior–. No, espera, no pares.

Un segundo después Cristiano estaba de rodillas frente a ella y Bethany enredó los dedos en su pelo mientras le bajaba el leotardo y las braguitas. Separó las piernas para acomodar su cabeza y dejó escapar un suspiro convulso cuando empezó a acariciarla con la lengua como antes la había acariciado con los dedos.

Quería gritar, pero sabía que no podía hacerlo y se limitaba a suspirar, moviéndose febrilmente contra su boca mientras Cristiano la acariciaba con un ritmo que la llevaba al borde del precipicio... para apartarse después.

Dejando escapar un gruñido de frustración, se levantó para apretarse contra ella. Pero, por si no había notado en qué estado se encontraba, puso su mano sobre la cremallera del pantalón y tuvo que apretar los dientes cuando ella empezó a acariciarlo.

–Te necesito –murmuró mientras Bethany intentaba torpemente bajar la cremallera del pantalón–. Pero aquí no.

–Pero...

–No creas, no soy de los que le dicen que no a un revolcón en la paja de vez en cuando, pero hacerlo en un cobertizo con este frío me parece demasiado.

–No podemos entrar... –de repente, a Bethany le dio la risa–. Mis padres están en casa y...

–No creo que podamos hacer otra cosa. No puedo desnudarte aquí y lo necesito.

No le dio tiempo a ordenar sus pensamientos y le recordó lo que los dos querían levantando el jersey para acariciar sus pechos.

Sabía que eran tretas sucias, pero le daba igual. Y tampoco se paró a pensar por qué tenía que usar tretas con Bethany, sucias o no.

–Podemos entrar por la puerta de atrás... pero no sé por qué, se supone que no deberíamos hacer esto –a Bethany le temblaban las manos mientras bajaba el jersey. En realidad, le daba igual. Quería entrar en cualquier habitación, quitarse la ropa y... se mareaba sólo de pensarlo.

Pero no quería pensar, no debía hacerlo. Le había dado un discurso a su madre sobre por qué habían reconsiderado la idea de la boda, le había dado una charla a Cristiano sobre la estupidez de sacrificarse por el niño, había insistido en que lo único que podían ser era amigos. ¿Desde cuándo los amigos hacían el amor como dos adolescentes con un calentón?

Pero nada de eso sirvió para impedir que entrasen en la casa por la puerta de atrás. Podían oír las voces de sus padres en el salón, pero se quitaron las botas para subir la escalera sin hacer ruido. Apenas tuvieron tiempo de llegar arriba y cerrar la puerta antes de caer el uno sobre el otro. Ropa, leotardos, calcetines... todo desapareció a la velocidad del rayo.

–No te metas bajo las sábanas –dijo Cristiano.

–Estoy gorda.

–Estas guapísima –replicó él.

Tumbada en la cama, con los pálidos brazos sobre la cabeza y el pelo extendido por la almohada, estaba realmente guapísima. Cristiano se tomó su tiempo para admirar sus redondeadas formas, sus pechos, con los pezones más grandes y más oscuros que antes. Era la experiencia más erótica de su vida.

Cuando pensaba en el niño creciendo dentro de ella se mareaba. ¿Cómo podía un hombre que jamás había planeado seriamente tener hijos marearse al pensar que Bethany esperaba un hijo suyo?

–Tú también –dijo ella.

–Ah, un cumplido –Cristiano sonrió de esa forma que la excitaba tanto–. Eso me gusta. Mucho.

–Porque tienes un ego del tamaño de esta casa.

–Bueno, recuérdame dónde estábamos. Ah, sí, ¿cómo he podido olvidarlo? –Cristiano se colocó sus piernas sobre los hombros y respiró la dulce miel de su feminidad. Le encantaban sus gemidos, pensó, excitado.

¿Cómo podía intentar apartarse de él cuando los dos sabían que aquello era lo que deseaba?

La acarició a placer y luego, temporalmente saciado, se colocó encima, enterrando la cara entre sus pechos.

Bethany tuvo que ponerse la almohada sobre la boca para disimular sus jadeos mientras él empezaba a chupar un pezón, tirando suavemente para luego hacer lo mismo con el otro. Con los ojos semicerrados, podía ver la humedad que dejaba sobre sus pechos, disfrutando voluptuosamente mientras la tocaba entre las piernas.

–¿Te gusta? –Cristiano levantó la cabeza para mirarla y Bethany asintió como una marioneta obedeciendo a su amo. Y lo peor de todo era que no tenía remordimientos por lo que estaba haciendo.

Sólo quería tenerlo dentro.

Cristiano tiró de ella para colocarla encima cuando no pudo aguantar más y dejó escapar un gruñido de satisfacción cuando empezó a frotarse contra su erección. Sus pechos se movían arriba y abajo mientras lo montaba hasta que no pudo soportarlo más y todo su cuerpo se convulsionó en un orgasmo salvaje, casi al mismo tiempo que Bethany.

Y mirándola en ese momento, las mejillas ardiendo, el pelo alborotado, los ojos cerrados, fue suficiente para excitarse de nuevo.

–¿Es que no estás nunca satisfecho? –le preguntó ella, riendo, mientras deslizaba un dedo por su torso.

–Cuando se trata de ti, parece que no. ¿A ti te pasa lo mismo?

Cuando ella asintió con la cabeza fue como una descarga de adrenalina.

–Me alegro, porque así es como debe ser. Una vez que dejes de pelearte conmigo podrás empezar a aceptar que voy a ser alguien permanente en tu vida. Si no quieres casarte conmigo me parece bien, pero de todas formas estaremos juntos.

–¿Como tu amante embarazada? –Bethany tuvo que tragar saliva.

–Prefiero no usar etiquetas cuando se trata de una relación –respondió Cristiano, besando su pelo–. Especialmente, cuando la etiqueta es la palabra «amigo». Esa etiqueta, imagino que estarás de acuerdo conmigo, ya es totalmente irrelevante.

Capítulo 8

CRISTIANO nunca había tenido que involucrarse en la tediosa tarea de comprar regalos para las mujeres. Primero, porque no tenía tiempo para ir de tiendas, mirar joyas y pedir ayuda a los dependientes. Segundo, no se le ocurría nada más aburrido que estrujarse el cerebro para imaginar qué le gustaría a una mujer. No, ése había sido el cometido de su ayudante. Una mujer comprando para otra mujer, era lo más lógico.

Durante las últimas seis semanas, sin embargo, se había olvidado de su ayudante para ir de compras él mismo y le había parecido menos aburrido de lo que pensaba. De hecho, había descubierto que era divertido buscar cosas que la hicieran sonreír.

Bethany tenía unos gustos un poco raros. Después de cometer el error de comprarle una pulsera de diamantes que ella le agradeció amablemente y, también amablemente, le devolvió un minuto después, había tenido que revisar sus ideas. No le interesaban las joyas, especialmente las joyas caras.

–Seguro que es el tipo de regalo que estás acostumbrado a comprarle a tus novias –le había dicho. Y luego dejó escapar un suspiro cuando él contestó que nunca le habían devuelto ninguna.

–¿Por qué los hombres ricos nunca se sienten en la obligación de ser imaginativos?

Y Cristiano, a quien nada gustaba más que un reto, se había vuelto imaginativo.

La había llevado a ver obras rarísimas en teatros con diez butacas, le había comprado la primera edición de una novela italiana de más de quinientas páginas. A ella le había encantado, por supuesto, y a Cristiano le emocionaba ver su expresión de alegría.

Incluso se había dejado llevar por esa ridícula alegría al ver un gigantesco perro de peluche en Harrods y no se había ofendido cuando ella se rió de su escepticismo, diciendo que era un «anciano gruñón».

Aparentemente, había pocas cosas que pudieran ofenderlo cuando se trataba de ella... salvo una. Un pequeño grano en el satisfactorio progreso de su relación: que Bethany se negara a casarse con él. También se había negado a vivir con él, aunque Cristiano le había dado miles de razones por las que sería lo más lógico, sobre todo cuando se acostaban juntos. Pero al menos había dejado de insistir en eso de ser «amigos».

No podía entenderlo. Si él estaba dispuesto a hacer ese sacrificio, ¿por qué no podía hacerlo ella?

Cuanto más discutían sobre el asunto, más obstinada se mostraba Bethany y Cristiano decidió conseguir lo que quería dando algunas vueltas.

Pero como nunca había tenido que cortejar a ninguna mujer, sus intentos no habían tenido gran éxito. Una larga lista de invitaciones a cenar no lo había llevado a ningún sitio, de modo que optó por cenar en casa. Y la cocina, le había dejado claro Bethany, era territorio de los dos. Incluso le había comprado un libro de recetas y Cristiano se había encontrado cocinando torpemente mientras se preguntaba qué pensaría su madre del asunto.

Pero no le había contado esos detalles a su familia. No había mencionado que Bethany se negaba a casarse, dándoles a entender que lo harían más adelante. Incluso podría haber dicho que Bethany quería casarse después de dar a luz, cuando hubiese recuperado la figura. Su madre se lo había creído, pero no quería ni pensar lo que Bethany diría al respecto de esa invención. Daba igual que la importancia de sus mentiras hiciera que la suya fuera insignificante.

Cristiano se decía a sí mismo que estaba tan preocupado por ella porque estaba esperando un hijo suyo. En circunstancias normales las cosas habrían sido completamente diferentes. Sin el niño, seguramente Bethany le habría pedido perdón y él se habría olvidado de ella en unos meses para volver a su vida normal.

Y, sin embargo, ahora los recuerdos de esa vida normal le parecían algo distante, extraño.

Estaba fascinado por los cambios en su cuerpo y los partidos de fútbol que parecían tener lugar dentro de ella. Había leído de principio a fin un conocido libro sobre el embarazo y pensaba en Bethany cuando no estaban juntos. Le parecía algo poco natural, pero se había acostumbrado.

A pesar del tremendo cambio de vida, Cristiano estaba orgulloso de cómo llevaba la situación, pensó mientras llamaba al timbre de su apartamento. Pero cada día le parecía más absurdo aquel acuerdo de vivir separados. Aunque la había instalado en el apartamento más cercano al suyo que pudo encontrar, el hecho de que no sólo se negara a casarse con él, por razones que desafiaban a la lógica, sino que insistiera en vivir en apartamentos diferentes era una constante fuente de insatisfacción.

Bethany no podía decir que no disfrutase acostándose con él, en posiciones que eran francamente ingeniosas dado su avanzado embarazo. Además, él conocía a las mujeres y sabía que no estaba fingiendo.

Había dejado de insistir sobre el asunto, pero no dejaba de pensar en ello. ¿Era una manera de no sentirse atada? ¿De verdad creía que no había una relación entre ellos? ¿Pensaba que podría tener a su hijo y luego seguir adelante, buscando al hombre de sus sueños?

Estaba tan ocupado dándole vueltas a todo eso que tardó unos segundos en darse cuenta de que Bethany no había abierto la puerta. Pero eran las siete, de modo que debía estar en casa.

Él había estado en Nueva York durante los dos últimos días, pero habían hablado por teléfono varias veces y Bethany debería estar esperándolo. ¿Dónde demonios se había metido?

Cristiano volvió a llamar al timbre, esta vez de manera más insistente, y como seguía sin abrir la llamó al móvil.

Pero tampoco obtuvo respuesta. Preocupado, se pasó una mano por el pelo. Su instinto le decía que pegase una patada a la puerta, pero no serviría de nada porque era una puerta blindada de roble macizo. Él mismo había hecho que la cambiaran cuando se mudó al apartamento porque la original le parecía demasiado frágil.

Estaba a punto de llamar a un cerrajero cuando oyó pasos en el interior.

–Bethany, ¿dónde estás?

–¡Estoy aquí! –contestó ella, con una voz que le pareció extraña. Se había quedado dormida y el sonido del timbre no la había despertado, pero sí el del móvil. Aunque había tardado unos minutos en poder levantarse de la cama.

–¿Por qué no has abierto la puerta? ¿Y qué te pasa en la voz?

Bethany abrió la puerta y al verla, pálida y con ojeras, Cristiano experimentó una emoción que le resultaba extraña, pero que lo golpeó como un tren de carga en el centro del pecho.

–No me encuentro bien.

Cristiano se colocó al hombro la bolsa de viaje y la tomó del brazo para llevarla al dormitorio. Tenía el corazón acelerado, pero intentaba calmarse.

–Métete en la cama, voy a llamar al médico.

–Creo que sólo necesito dormir un poco. Últimamente estoy muy cansada.

–Tienes fiebre –dijo él, poniendo una mano en su frente–. ¿Por qué no me has llamado? –de inmediato sacó el móvil del bolsillo y habló con alguien en italiano antes de volver a guardarlo–. Estabas bien cuando hablamos anoche.

–No necesito un médico, Cristiano.

–¿Cómo que no? Estás ardiendo

–Es sólo un resfriado, nada importante –suspiró Bethany, cerrando los ojos–. Sólo necesito descansar.

Ayer estaba bien, pero esta mañana me he despertado con dolor de cabeza.

–Hemos hablado esta mañana y no me has dicho nada.

–Porque estabas en Nueva York. ¿Qué podrías haber hecho tú? Puede que te creas capaz de todo, pero no eres Supermán. No podías ponerte una capa roja y cruzar el Atlántico.

–Ése no es el asunto. Deberías contarme lo que te pasa, es mi obligación velar por tu salud –Cristiano dejó escapar un suspiro. Pensar en ella sola en aquel apartamento, demasiado enferma como para levantarse de la cama, le provocó una extraña angustia.

–No me pasa nada, no exageres.

–Estás embarazada –le recordó él, paseando por la habitación y maldiciendo al médico que no llegaba. ¿No le había dicho que fuera inmediatamente?

La alegría que había sentido Bethany al verlo preocupado se esfumó de inmediato. Por supuesto que estaba preocupado, pero no por ella sino por el niño. Las últimas semanas le habían dado una falsa sensación de seguridad, la habían hecho pensar que tanta solicitud era por ella. Pero esas palabras le recordaban la realidad: Cristiano siempre tenía un plan y su plan era convencerla para que hiciera lo que a él le parecía conveniente.

Era un hombre muy ocupado y, sin embargo, había ido de compras con ella. Por supuesto, le hacía regalos y estaba siempre que lo necesitaba. Pero Bethany sabía que estaba totalmente dedicado a su trabajo, que eso era lo único que le importaba.

Qué tonta había sido. Saber que todo lo que Cristiano había hecho o dicho no era por ella sino por la situación era la prueba de que no había nada razonable en su amor.

Pero cuando lo miraba se quedaba sin aliento. Aunque le daba vergüenza admitirlo, era cierto.

–Creo que tendré que dejar de viajar hasta que tengas el niño.

Cristiano jamás había pensado que algún día su vida profesional tendría que dar un paso atrás por culpa de una mujer pero, aparentemente, ese día había llegado. Necesitaba saber que Bethany estaba bien y si se iba del país no podría dejar de pensar en ella, de preocuparse porque ocurriera una catástrofe y Bethany no se lo contara para no ser una molestia.

Era tan obstinada, tan independiente. A él nunca le habían gustado las mujeres que no tenían iniciativa alguna, pero nada le gustaría más en aquel momento que ver a Bethany buscando su apoyo.

–No digas tonterías.

Cristiano se acercó a la cama. No quería estresarla, pero le parecía fundamental hacerla partícipe de sus preocupaciones. Unas preocupaciones muy sensatas, en su opinión.

–No estoy diciendo tonterías. Estoy siendo sensato, uno de los dos tiene que serlo.

Bethany dejó escapar un largo suspiro, seguido de un bostezo.

–Y, naturalmente, ése es tu papel.

–Pues sí, ése es mi papel. Dos minutos fuera del país y mira lo que pasa –Cristiano sonrió mientras acariciaba su pelo.

Bethany se recordó a sí misma que sólo estaba

preocupado por el niño, pero no tenía energías para discutir.

–Ya te he dicho que no eres Supermán. Habría tenido un resfriado estuvieras tú aquí o no. Además, creo que lo pillé el otro día en el supermercado. Me paré para charlar un momento con una chica que estaba resfriada... imagino que me lo contagió.

–Deberías alejarte de cualquiera que tenga algo contagioso.

–¿Y qué sugieres que haga? Tal vez podrías tenerme encerrada durante un par de meses.

Cristiano iba a decir que no era una idea tan poco razonable cuando sonó el timbre. Era el doctor Giorgio Tommasso, un amigo suyo de la infancia, y Bethany puso los ojos en blanco cuando lo interrogó por su tardanza.

–No le haga caso –le dijo cuando el médico se sentó en la cama.

–Ah, por fin una mujer que es capaz de hacerle frente a este bruto. Bueno, vamos a ver cómo está el niño...

Como un centinela, Cristiano se quedó al pie de la cama mientras el médico la examinaba y le hacía preguntas en voz baja. Pero debía haber dicho algo divertido porque Bethany soltó una risita. Y Cristiano estuvo a punto de recordarle al buen doctor que estaba allí para examinar a una mujer embarazada, no para hacerse el gracioso.

–¿Y bien? ¿Cuál es el diagnóstico?

–El niño está bien –Tommasso sonrió, dándole una palmadita en el brazo–. No hace falta que te pongas tan nervioso.

–Creo que confundes la preocupación con el nerviosismo –se defendió él, preguntándose qué le habría dicho para que Bethany siguiera sonriendo.

–Ah, perdona –Giorgio hacía un esfuerzo para no reír mientras se dirigía a la puerta–. Bethany tiene un simple resfriado, no es nada. Lo mejor es que se quede en cama durante un par de días tomando muchos líquidos y enseguida se pondrá bien. Tiene bien la tensión y los latidos del niño son perfectos, así que no hay nada de qué preocuparse. ¿Qué tal se te da hacer sopa?

–Soy perfectamente capaz de hacer un plato de sopa –replicó Cristiano, ofendido.

–¿En serio? Pues a lo mejor se lo cuento a tu madre. Se va a llevar un alegrón al saber que su hijo por fin se ha convertido en amo de casa.

Era una broma, pero también una llamada de atención para Cristiano. Sí, tal vez había llegado el momento de dar el último paso adelante.

Encontró a Bethany sentada en la cama, tomando la pastilla que Giorgio había dejado para ella.

–¿No te lo había dicho? Es un simple resfriado.

Cristiano no dijo nada. En lugar de eso se acercó al armario para sacar la maleta de Bethany.

–¿Qué haces?

–¿Tú qué crees que estoy haciendo? Y no se te ocurra levantarte. Giorgio ha dicho que debes permanecer en cama.

–¡No puedes hacer mi maleta!

–Claro que puedo –Cristiano se acercó a la cómoda y empezó a sacar camisetas y ropa interior–. Escúchame, Bethany: le he dado una oportunidad a este acuerdo, pero no funciona.

–¡No es culpa mía que tenga un resfriado!

O la pastilla que le había dado Giorgio funcionaba a velocidad supersónica o la descarga de adrenalina era tan fuerte que la hacía olvidar las molestias.

Pero Cristiano no hizo caso.

–Lo primero, te guste o no, necesitas que alguien cuide de ti. Antes apenas podías abrir la puerta...

–Pero la he abierto, ¿no?

–¿Y si te hubieras desmayado? Piensa en las consecuencias.

–Yo nunca haría nada... –Bethany no terminó la frase.

Cristiano no tenía llave del apartamento. Ella se había negado a dársela porque quería mantener su independencia. ¿Pero y si le hubiera pasado algo serio? ¿Tan decidida estaba a llevarle la contraria que iba a arriesgar la vida de su hijo? ¿De verdad estaba protegiéndose a sí misma o estaba intentando alejarlo porque no la quería?

–No puedo creerte –Cristiano cerró la maleta después de haber guardado sus cosas y se volvió para mirarla–. En lugar de ponerte en contacto conmigo en cuanto te encontraste mal decidiste actuar como si no pasara nada. Si me hubieras llamado... bueno, es verdad que no podía cruzar el Atlántico a toda velocidad, pero podría haber llamado a Giorgio. Creo que estoy siendo razonable, ¿no te parece?

–No, yo no quiero... déjame en paz –los ojos de Bethany se llenaron de lágrimas. El hombre cálido y dulce que había conseguido meterse en su corazón había desaparecido y en su lugar estaba el extraño de ojos fríos que había aparecido en casa de sus padres dispuesto a llamarla de todo.

–No es eso lo que me dices cuando estamos en la cama.

–¿El sexo es lo único que te importa?

–Al menos eso deja claro que no me odias en absoluto –Cristiano se encogió de hombros mientras sacaba el móvil del bolsillo para llamar a su chófer.

Bethany lo oyó pedirle que fuese a buscarlo. Evidentemente, a partir de aquel momento se alojaría en su apartamento. Se decía a sí misma que sólo sería durante unos meses, pero ni siquiera eso evitaba que se sintiese atrapada.

–Mi chófer llegará en una hora. ¿Quieres darte un baño? Yo creo que te sentirías mejor.

–No quiero darme un baño.

–Deja de hacer pucheros, no vas a conseguir nada –Cristiano se dirigió al cuarto de baño y Bethany apretó los dientes al oír que abría el grifo de la bañera.

Tardó unos minutos en volver y luego, sin ninguna ceremonia, la tomó en brazos a pesar de sus protestas.

A ella le gustaban los cuartos de baño grandes, le había contado una vez. Seguramente porque de pequeña había tenido que compartir baño con sus hermanas y, por supuesto, siempre estaba ocupado cuando lo necesitaba. Por eso había alquilado un apartamento con un baño enorme, tan grande como para contener un sillón en el que la sentó con mucho cuidado.

–Creo que la fiebre ha bajado y estás recuperando el color de cara. Pero no quiero que te metas sola en la bañera.

–No digas bobadas –protestó Bethany, enfadada por esa decisión de llevarla a su apartamento.

Pero le daba vueltas la cabeza y tuvo que cerrar los ojos un momento mientras él desabrochaba los botones de su voluminoso camisón, uno de los dos que aún le quedaban bien. Podía oler el aroma a lavanda de las sales, pero no estaba dispuesta a admitir que en realidad sí le apetecía darse un baño caliente.

Era absurdo sentirse tímida por estar desnuda cuando se acostaban juntos casi todas las noches y, sin embargo, se sentía así mientras la ayudaba a meterse en la bañera, con una ternura incongruente en un hombre tan grande y poderoso.

–Ya estoy bien –le dijo.

–Me alegro, pero no pienso arriesgarme.

De hecho, Cristiano se alegraba de que no hubiera discutido. Sabía que la había acorralado y no se sentía culpable en absoluto porque, en su opinión, estaba haciendo lo que debía.

Su protuberante estómago sobresalía del agua, mojado, brillante e increíblemente sexy, como sus pezones, aunque estaba seguro de que ella no se daba cuenta porque tenía los ojos obstinadamente cerrados.

Podía emitir todos los signos de enfado que quisiera, pero él sabía que sólo era una fachada. Apostaría su fortuna a que si se inclinaba para rozar sus pezones con los labios Bethany se derretiría más rápido que un copo de nieve frente a una chimenea.

–¿Qué tal te encuentras? –le preguntó, intentando controlar tales pensamientos. Después de todo, Bethany tenía un resfriado y no iban a poder hacer nada.

–No voy a quedarme en tu apartamento cuando se me pase el resfriado –dijo ella. Y cuando abrió los ojos para mirarlo Cristiano se encogió de hombros.

–Deja que te enjabone. Mi chófer llegará en unos minutos.

–No, prefiero que no lo hagas.

–¿Por qué? ¿Porque no te gusta que te digan lo que debes hacer aunque sea por tu propio bien? Venga, no discutas.

Bethany lo fulminó con la mirada, pero Cristiano se limitó a levantar una burlona ceja.

–Disfruta de la experiencia porque la próxima vez que te enjabone será un preludio para otra cosa.

¿Tenía tiempo para darse una ducha fría?, se preguntó después. Seguramente no, pero tendría que darse una en cuanto llegaran a su casa.

Cristiano empezó a enjabonar su espalda, deslizando la esponja por sus hombros y alrededor de sus pechos.

–Eso es lo más arrogante que he oído en toda... mi vida –Bethany apretó los labios cuando rozó sus pezones con los dedos, que inmediatamente se endurecieron como respuesta, haciendo que el comentario sonase ridículo.

–¿No te gusta que cuiden de ti? –la voz de Cristiano era tan tentadora como la miel–. Puede que yo sea un dinosaurio, ¿pero no es ése el sueño de la mayoría de las mujeres?

–No sé cuál es el sueño de la mayoría de las mujeres, sólo conozco los míos y éste no es uno de ellos –Bethany alargó una mano para que la ayudase a salir de la bañera.

¿Estaba siendo egoísta al desear que la quisiera por ella misma? ¿Era eso pedir demasiado? Temía que si se olvidaba de ese sueño no le quedaría nada. Sí, Cristiano sería un padre responsable y un marido atento, pero todo sería un engaño. Y ella no quería un matrimonio por obligación o un hombre que la viese como una carga.

–Me niego a morder el anzuelo –Cristiano tuvo que hacer uso de toda su paciencia, recordándose a sí mismo que no se encontraba bien.

–Bueno, vamos a dejarlo –murmuró ella.

–Puedes ser la mujer más irritante del mundo, no sé si lo sabes. Estoy siendo más que paciente contigo, plegándome a todos tus deseos y, sin embargo, tú insistes en tirármelo a la cara.

Bethany sintió una punzada de culpabilidad. Pero seguía deseando un hombre que la quisiera por ella misma, un hombre que escalase la montaña más alta por ella.

Pero discutir no los llevaría a ningún sitio, de modo que no lo dijo en voz alta.

–¿Por qué quieres casarte conmigo si soy tan irritante?

Cristiano tuvo que apretar los dientes.

–¿Cómo te encuentras?

–No has contestado a mi pregunta.

–Y no pienso hacerlo.

–¿Por qué no?

–Porque no merece una respuesta –Cristiano esperó mientras se vestía y después la tomó del brazo para bajar al portal, donde estaría esperando su chófer.

–¿No te molesta que tú no seas el hombre de mis sueños? –Bethany sentía que le quemaban los ojos. Era absurdo, pero quería hacerle daño como Cristiano se lo hacía a ella sin darse cuenta.

–Llámame prosaico, pero los sueños románticos nunca han sido lo mío –contestó él, mientras la llevaba hacia el coche–. En la vida tenemos que enfrentarnos con situaciones inesperadas y hay que lidiar con ellas. Nada más.

¿Quién era el hombre de sus sueños?, se preguntaba, sin embargo, intentando contener una oleada de furia.

–Estoy cansada –dijo Bethany, una vez en el coche.

Y era cierto, se había quedado sin energía porque la había desaprovechado discutiendo con él.

–Apóyate en mi hombro –murmuró Cristiano.

Y ella lo hizo. Cerrando los ojos, se preguntó por un momento por qué insistía en pelearse con él. ¿Era su opinión más valiosa que la de Cristiano en lo que se refería a su situación? Él le estaba ofreciendo un padre y una madre para su hijo y un acuerdo estable entre los dos. Como le había recordado en más de una ocasión, en la cama se llevaban de maravilla. Bethany no tenía ni idea de cuánto iba a durar eso, ¿pero no era mejor aprovechar el momento que protestar porque no podía tener todo lo que quería?

Tan confusos pensamientos seguían dando vueltas en su cabeza cuando el coche por fin se detuvo. Bethany parpadeó varias veces, adormilada.

–Estabas murmurando algo en sueños –dijo Cristiano–. ¿Te importaría decirme qué soñabas?

–No estaba dormida.

–Ah, yo pensaba que sí.

Todas las preguntas seguían ahí, sin respuesta. Y junto a ellas estaba ahora el recuerdo de sus padres, que se volverían locos de alegría si se casaba con el hombre al que habían recibido como si fuera su propio hijo. Y sus hermanas, que habían conocido a Cristiano y estaban encantadas con él.

–Tenemos que hablar –dijo entonces.

–Las tres palabras más aterradoras del mundo –intentó bromear Cristiano mientras la llevaba al ascensor.

–Me parece que esta conversación no te va a parecer tan horrible.

Capítulo 9

NO QUIERO que digas nada hasta que estés en la cama –Cristiano entró en el ático, tan grande que hacía que su apartamento, aunque grande, pareciese una casa de muñecas.

Los baldosines italianos importados estaban cubiertos por alfombras persas y todos los muebles eran de diseño. Sin puertas que obstaculizaran la visión, daba la sensación de medir kilómetros.

Aunque ya había estado allí antes, Bethany se detuvo un momento para admirarlo.

Nunca había dejado de maravillarse ante la despreocupada actitud de Cristiano con el dinero. Parecía ciego ante los fabulosos cuadros que colgaban en las paredes, cada uno de los cuales debía valer más de lo que una persona normal ganaría en toda su vida.

No era un esnob como había creído el día que lo conoció. El dinero era algo que formaba parte de su privilegiado entorno y casi era comprensible que desde siempre hubiera querido protegerse conociendo el pasado de las mujeres con las que salía. Hasta que apareció ella.

Su dormitorio era tan impresionante como el resto del ático. Unas persianas oscuras mantenían alejado el resto del mundo y, dominando la habitación, había una cama de matrimonio hecha a medida porque

Cristiano quería algo más grande de lo normal. Las sábanas y el edredón también estaban hechas a medida, en tonos crema y chocolate, y le daban a la habitación un aire muy masculino.

Mientras se metía en la cama se fijó en un jarroncito con flores frescas que ella misma le había comprado unos días antes porque su apartamento le parecía demasiado masculino. Había sido una broma, pero Cristiano había conservado las flores. Incluso las tenía en su dormitorio.

Y eso la hizo pensar.

Había luchado mucho por conservar su independencia y se había negado a casarse con él porque Cristiano se guiaba sólo por su sentido del deber, pero estaba cansada de discusiones y empezaba a tener dudas.

Lo echaba de menos cuando se iba de viaje, aunque nunca lo admitiría en voz alta. Y también había echado de menos su reconfortante presencia cuando empezó a encontrarse mal. Echaba de menos que él se hiciera cargo de todo porque entonces se encontraba segura. Claro que eso era una broma porque «segura» no era el calificativo que usaría para definir cómo se sentía estando con él.

Pero las flores le hacían concebir esperanzas. Si no la quería, al menos la trataría con amistad y respeto cuando la novedad de la relación sexual terminase. Seguía aferrada a esa frágil ilusión cuando Cristiano salió de la habitación, para volver unos minutos después con un vaso de agua en la mano.

–Has dicho que querías que hablásemos –le dijo, sentándose al borde de la cama.

–Has conservado mis flores.

Cristiano miró hacia la cómoda y Bethany creyó notar que sus mejillas se cubrían de rubor.

–No recuerdo cuándo fue la última vez que una mujer me regaló flores.

–Pero seguro que tú has comprado muchas en los últimos años.

–¿Era eso de lo que querías que hablásemos? Porque si es así, te aseguro que puede esperar.

–No, no, quería darte las gracias por cuidar de mí. Si te parezco una desagradecida es...

–¿Lo sientes? Acepto tus disculpas.

Sabía que era raro en ella disculparse. Por supuesto, lo había hecho en el pasado, cuando apareció en su casa para echarle en cara sus mentiras, pero incluso entonces la disculpa había sido casi un reto. En aquel momento, sin embargo, parecía sincera y eso le gustaba. De hecho, le gustaba tanto que decidió darle la vuelta a la conversación para utilizarla en su favor. Siendo un oportunista, le parecía absurdo no hacerlo.

–No es fácil tener que defenderse sola, lo sé –le dijo, apretando su mano–. Anoche por ejemplo. No te encontrabas bien y admito que tal vez no tenías por qué llamar al médico, ¿pero no te gusta que a mí me importes lo suficiente como para hacerlo?

–Yo no quiero depender de ti...

–Pues claro que no. No estoy diciendo que debas depender de mí. Pero aceptar la ayuda de alguien no significa que uno sea débil. Hemos hablado de esto muchas veces, Bethany, pero creo que ha llegado el momento de que reconozcas que es más fácil llevar un embarazo en pareja. Tienes que pensar en el niño.

–Ya pienso en el niño.

–¿Qué crees que diría si supiera que ha perdido la oportunidad de tener un padre y una madre porque tú no quisiste dársela?

Bethany arrugó el ceño.

–No podemos especular con el futuro.

–Tú no tienes por qué, pero yo quiero hacerlo.

Unos minutos después era como si el mundo se hubiera puesto patas arriba. Cristiano había conseguido contar la historia, pero en su versión *ella* aparecía como egoísta y desconsiderada. En esta ocasión, sin embargo, estaba demasiado cansada como para discutir.

–¿Qué opinas?

–Podría opinar muchas cosas, pero estoy cansada.

–Deberías descansar –dijo él, encantado. Había plantado la semilla y en aquella ocasión parecía haber caído sobre terreno fértil. A su debido tiempo, y si la regaba a menudo, estaba seguro de que tarde o temprano podría recoger la cosecha–. Voy a pedir que nos traigan la cena. ¿Qué te apetece?

–¿Ésta es tu manera de recordarme que te necesito a mi lado?

–No, sólo estoy intentando cuidar de ti. Yo tengo hambre y tú debes comer. ¿Qué te apetece, comida china, india? Puedo pedirle a mi conductor que vaya a buscar algo al Savoy. De hecho, creo que eso es lo que voy a hacer. No debes comer nada grasiento. ¿Te apetece un plato de sopa y un bollo de pan recién hecho?

–No hace falta.

–¿Cómo que no hace falta?

–Que no tienes que pedir la cena. Puedo comer lo que tengas en la nevera.

–Llevo fuera cuarenta y ocho horas y antes de eso llevaba días sin comer aquí. No quiero arriesgar tu salud con algo de la nevera.

De nuevo con lo mismo, pensó Bethany, entristecida. Todo por el niño. Siempre sería por el niño y ella no iba a cambiar eso.

–En realidad, lo que quería decir es que tienes razón y que no hace falta que repitas lo mismo tantas veces, lo he entendido. Casarnos es lo más sensato y si tu oferta sigue en pie...

Después de haber maniobrado desvergonzadamente para que aquello ocurriera, Cristiano la miró, perplejo.

–¿Lo dices en serio?

–En serio –Bethany suspiró–. En otras palabras, tú ganas.

A Cristiano no le gustó nada esa frase, pero no se preguntó por qué.

–Me alegro. De hecho, mucho más que eso.

–Me sorprende que no digas algo así como: sabía que entrarías en razón tarde o temprano.

–Sabía que entrarías en razón tarde o temprano.

–Muy gracioso.

Cristiano estaba desconcertado por tan repentino cambio de opinión. Sabía que era algo que debía dejar estar y no tentar a la suerte, pero se encontró a sí mismo sentándose al borde de la cama.

–¿Por qué has cambiado de opinión?

–¿Eso importa?

–Posiblemente no, pero me gustaría saberlo.

Bethany se encogió de hombros. Aquélla era su oportunidad de demostrarle que podía ser tan fría como él.

–Tal vez me he dado cuenta de que cuando me pongo enferma necesito tener a alguien a mi lado. O a lo mejor he pensado que era hora de poner los pies en el suelo. Esto es lo que hay, estoy embarazada y tú has hecho lo que debías pidiéndome que me casara contigo. Es lo más sensato.

Estaba repitiendo todo lo que él le había dicho tantas veces, pero Cristiano se sintió incómodo y extrañamente enfadado ante tanta resignación.

–Todo eso es cierto, pero me pregunto qué ha sido de esas ideas románticas tuyas de no atarte a alguien que no fuera el hombre de tus sueños.

Y tampoco entendía por qué no parecía alegre, al contrario. Al menos podría mostrar cierto entusiasmo, pensó. Llevaba semanas acomodándose a sus deseos, haciendo todo lo que ella quería y, sin embargo, no parecía haber tomado nada de eso en consideración.

Bethany se mordió los labios. Cristiano, cuya fuerte personalidad había sido predecible sólo en un aspecto de su relación, ahora respondía de una manera extraña. Había dicho que se alegraba, incluso más que eso. Pero no parecía alegre en absoluto.

La idea de que pudiese haber cambiado de opinión después de todo hizo que se sintiera enferma. ¿Habría hecho todo aquello con la convicción de que seguiría rechazándolo? ¿Habría sido sólo una fachada, para quedar bien? Había insistido muchas veces en que se fuera a vivir con él, pero tal vez ya había aceptado que sería algo temporal, hasta que naciese el niño.

Quizá su insistencia en ser independiente se le había contagiado y también él estaba de acuerdo en que no era necesario que el niño tuviese un padre y una madre.

–Creo que no he sido muy práctica hasta ahora. Si sigues queriendo que nos casemos estoy de acuerdo... pero con un par de condiciones.

¿Con un par de condiciones? Cualquiera diría que había amenazado con torturarla en lugar de ofrecerle una vida regalada.

–¿Y qué condiciones son ésas?

–Me doy cuenta de que sería un matrimonio de conveniencia, pero... espero que no tengas otras relaciones cuando te canses de jugar a las familias felices.

Cristiano se levantó de la cama, intentando controlar su enfado.

–¿Qué clase de persona crees que soy? ¿Crees que voy a engañarte en cuanto nazca el niño?

–No he dicho eso. Pero temo que te aburras de mí y empieces a buscar diversión en otra parte...

–Entonces tendremos que hacer lo que sea para no aburrirnos, ¿no? –le espetó Cristiano. Sabía que era un comentario desconsiderado y grosero, pero aquello no era lo que había esperado cuando imaginó que su plan daría frutos.

–¿Es una amenaza? –replicó Bethany, airada–. ¿Tendré que hacer todo lo que tú quieras o te buscarás a otra?

–Estás poniendo palabras en mi boca y eso no me gusta.

–¿Ah, no? ¡Perdona que quiera poner ciertos límites en algo que afecta a mi vida!

–No estás poniendo límites, te estás preparando para el fracaso.

–No es así como yo lo veo y, si no te parece bien, tal vez lo mejor sea llegar a un acuerdo sobre la custodia.

Cristiano se preguntó cómo era posible que Bethany siempre dijera justo aquello que él no quería escuchar. Las palabras «acuerdo sobre la custodia» lo sacaban de quicio porque llevaban a su cabeza la imagen de otro hombre, pero hizo un esfuerzo sobrehumano para controlarse.

Bethany había aceptado casarse con él, aunque a regañadientes, y tendría que conformarse con eso.

–Nos casaremos –anunció–. Yo no tengo intención de buscar a otra persona y espero que tú tampoco. Además, espero que hagas todo lo posible para que nuestro matrimonio funcione...

–Y tú también, supongo.

–Yo también, por supuesto. No pienso tolerar que sea una farsa.

Bethany entendió que debían parecer un matrimonio feliz de cara a los demás. Y sabía que era ahora o nunca. Si aceptaba, su destino estaba sellado. Si ponía objeciones, Cristiano no volvería a intentar convencerla. Estaría a su lado durante el embarazo y después se alejaría. No de su hijo, de ella.

De modo que asintió con la cabeza sin decir nada. Cristiano sacó el móvil del bolsillo del pantalón y se lo pasó.

–Creo que es hora de darle la noticia a tus padres.

–¿Ahora mismo? –Bethany estaba nerviosa, pero bajo ese nerviosismo reconocía cierta emoción. Y le temblaba la mano mientras tomaba el teléfono.

Diez minutos después se lo devolvió. Cristiano había permanecido de brazos cruzados, esperando, mientras hablaba con sus padres.

–Ahora te toca a ti. ¿No vas a llamar a tu madre?

Bethany había aceptado casarse con él, pero eso no la hacía feliz, pensó Cristiano. Tenía la sensación de que se había rendido, que había aceptado algo que no quería y eso lo incomodaba. Gracias a él, se había visto obligada a olvidar sus sueños románticos y ser práctica. Que pudieran ser felices era algo que no parecía entrar en la ecuación, aunque hubieran sido felices antes, en la cama y fuera de ella.

–La llamaré después. Y no hace falta que pongas esa cara de pena, Bethany. Voy a darte toda la seguridad posible –le dijo, frustrado.

–Lo sé.

Seguridad. Cuando el matrimonio debería ser la unión de dos personas que se amaban por encima de todo, él le hablaba de seguridad. Bethany se odiaba a sí misma por amarlo tanto como para comprometer sus principios. Se odiaba a sí misma por pensar que, por inadecuado que fuera su matrimonio, sería mejor que vivir sin él. Y odiaba pensar que Cristiano se aburriría tarde o temprano de ella y se marcharía. Y que sin él en su vida sería como... estar flotando en el vacío.

Siempre le sería fiel porque no tenía otra opción, era prisionera de sus emociones. Él, por otro lado, aunque diciéndose insultado por haber pensado que podría serle infiel, no podría serlo durante mucho tiempo. Estaba condenada a una vida llena de temores por tanto. ¿Cuántos hombres con una libido tan poderosa y un atractivo físico como el de Cristiano serían capaces de serle fieles a sus mujeres cuando la novedad hubiera pasado?

Cristiano la deseaba ahora, encontraba sexy su embarazo, pero eso pasaría.

¡Y allí estaba, arrugando el ceño y ordenándole que fuera feliz!

–Antes eras feliz –dijo él entonces.

Bethany se puso colorada porque era cierto. Había sido feliz en esa burbuja que habían creado para los dos desde que volvieron de Irlanda. Lo tenía a su lado todos los días, a todas horas, salvo el tiempo que pasaba en la oficina, y había sido feliz.

–¿Qué ha cambiado?

–Nada –contestó ella, cerrando los ojos porque le dolía el corazón cuando lo miraba–. ¿Qué ha sido de la sopa y el pan recién hecho del que hablabas antes?

Cristiano no quería interrumpir la conversación, aunque no sabía qué esperaba conseguir. La había obligado a casarse con él, de eso no tenía la menor duda. Si parecía un poco tiránico, era por su propio bien, como Bethany descubriría con el tiempo.

No podría haberlo hecho de otra manera porque cuanto más tiempo pasaba con ella, más convencido estaba de que la quería en exclusiva para él. Además, Bethany había aceptado que habían sido felices antes, no había razón para que no volvieran a serlo.

–Voy a pedir la cena –le dijo, intentando sonreír–. Pero estaba pensando en la boda... una boda íntima, tal vez. ¿Estás de acuerdo? Aunque si quieres una boda tradicional, con muchos invitados, a mí no me importa.

–¿Un vestido blanco y a punto de dar a luz? No, me parece que no.

–Lo que tú digas me parecerá bien.

Bethany apartó la mirada. Cristiano había vuelto a ser el mismo de siempre. ¿Significaba eso que le hacía feliz la idea de casarse? A él se le daba mucho mejor esconder sus emociones que a ella.

–Voy a pedir la cena, así podrás dormir un rato.

Bethany, sentada en una terraza, tomó un sorbo de café mientras miraba a la gente que iba de compras o paseando por la calle un viernes por la tarde. Le quedaban apenas un par de semanas para dar a luz y no podía hacer algo tan agotador como ir de compras, pero estaba decidida a pasear todo lo que fuera posible. Y solía llegar hasta un café de King's Road en el que se había acostumbrado a comer y tomar luego un pastelito y una taza de café. Y allí pensaba en su próxima boda, que tendría lugar tres meses después de que hubiese dado a luz.

Cristiano habría preferido acelerar los acontecimientos y casarse lo antes posible, pero Bethany se había mantenido en sus trece. Sólo iba a casarse una vez en su vida y no pensaba a hacerlo a toda prisa, aunque fuese un matrimonio de conveniencia. Ella quería creer que era de verdad y eso no era un crimen, ¿no?

Cristiano se mostraba atento y amable con ella,

pero nunca, ni una sola vez, le había declarado su amor. Aunque ella no se quejaba. Se guardaba sus sentimientos para sí misma con la absurda esperanza de que algún día ocurriera el milagro y Cristiano decidiese que estaba enamorado de ella.

De cara a los demás daba la impresión de estar enamorado, sin embargo. Durante el fin de semana que pasaron en Irlanda con sus padres recientemente se había mostrado como un prometido cariñoso y estaba segura de que cuando conociese a su familia en dos semanas intentaría dar la misma imagen.

Pero ella no hacía lo mismo. O tal vez no tenía que hacerlo porque, aunque intentase disimular, el amor que sentía por él se le veía en los ojos.

Bethany miró su reloj, pensando que Cristiano tenía reuniones hasta muy tarde aquel día. Llegaría tarde a casa, le había dicho.

Levantó la mirada, sonriendo porque pensar en él la hacía sentir como una adolescente... pero, de repente, dejó caer sobre el plato el pastelito que tenía en las manos.

Su corazón empezó a latir con fuerza al reconocer a Cristiano, imponente con su impecable traje de chaqueta italiano, una mano en el bolsillo del pantalón, seguramente moviendo las monedas que tuviese allí, como era su costumbre. Reía mientras charlaba con una rubia bajita...

De repente, Bethany se dio cuenta de que no podía respirar. La chica tenía el rostro ovalado, unos ojos enormes y el pelo muy corto. Era un estilo que sólo las chicas muy guapas podían llevar, pero parecía un chico con una mochila al hombro y unas botas militares.

Supuestamente, Cristiano debería estar en una reunión. No tenía ni un minuto libre aquel día, le había comentado. Esa mañana le había dicho que no se preocupase y luego la había besado en la boca, murmurando que sentía la tentación de olvidarse de todas las reuniones y quedarse en la cama con ella.

Pero, evidentemente, había tenido un momento libre para salir de la oficina y encontrarse con aquella rubia.

Estaba tan concentrada mirándolos que sólo se dio cuenta de que estaba apretando los puños cuando empezaron a dolerle las palmas de las manos.

Bethany se mordió los labios al ver que Cristiano tomaba a la rubia del brazo con total familiaridad y luego se alejaba con ella calle abajo.

El monstruo al que Bethany había acostumbrado a guardar en el fondo de su cabeza salió de su escondite y la agarró del cuello. Aquello era lo que había temido. Después de conseguir lo que quería, Cristiano había recordado que el mundo estaba lleno de mujeres guapas. ¿Trabajaría aquella chica para él?, se preguntó. Daba igual, lo único importante era que le había mentido.

¿Qué clase de reunión tenía lugar en los cafés de King's Road? ¿Qué clase de ejecutiva llevaba botas militares?

Pasó las siguientes horas en un estado de total angustia y cuando, después de las diez, oyó que se abría la puerta del ático tuvo que hacer un esfuerzo para calmarse.

Cristiano estaba quitándose la corbata cuando entró en el dormitorio con una sonrisa en los labios, como si no hubiera hecho nada malo en toda su vida.

–Ah, estás despierta –le dijo, inclinándose sobre ella para darle un beso en los labios.

–¿Qué tal el día? –le preguntó Bethany, intentando disimular.

–Bien, con mucho trabajo. Voy a darme una ducha, pero no te muevas de ahí, vuelvo en quince minutos.

No cerró la puerta del baño ni se molestó en ser discreto mientras se desnudaba. Y Bethany, reclinada sobre los almohadones de la cama, tuvo que apartar la mirada.

Después de ducharse, Cristiano salió del baño con una toalla atada a la cintura y se detuvo en la puerta. El instinto le decía que algo iba mal, pero no sabía qué.

Cuando se acercó a la cama, Bethany fingió estar leyendo, pero en realidad miraba sus piernas y la toalla blanca, que apenas podía esconder su impresionante masculinidad.

Había tenido unas horas para pensar qué iba a hacer cuando volviera a casa. Incluso había pensado no decir nada, pero descartó la idea porque no saberlo con seguridad se la comería como un cáncer. No iba a ponerse histérica, se lo diría con toda tranquilidad.

–¿Has cenado? –le preguntó, sin dejar de mirar su libro porque cuando lo miraba a él se derretía por dentro.

–He comido un bocadillo durante la última reunión – contestó él–. Pero te conozco, Bethany, sé que quieres decirme algo. ¿Qué ocurre?

–¿Cómo has pasado el día?

Cristiano sacudió la cabeza, impaciente, mientras abría un cajón de la cómoda.

–Trabajando, ya lo sabes –respondió, tirando la toalla al suelo para ponerse unos calzoncillos–. Me dedico a eso, a trabajar. Me siento frente a otros hombres tan aburridos como yo y hacemos tratos. Entre reunión y reunión intento comprobar cómo van los mercados para evitar cualquier mala inversión. A las ocho y media, una de las secretarias me ha llevado un bocadillo y luego he venido a casa.

–Ah, ya.

–Esta mañana, cuando me marché, estabas alegre. ¿Qué ha pasado?

–Sólo estoy intentando averiguar cómo has pasado el día.

–Y ya lo has hecho. A menos que quieras que me extienda sobre los aburridos detalles.

–Tal vez sólo uno –dijo Bethany, intentando llevar aire a sus pulmones.

Cristiano suspiró. No sabía de qué estaba hablando, pero sabía que pasaba algo raro.

–Estoy deseando que me lo digas.

–¿Qué hacías a la hora de comer en King's Road con una mujer? Y no lo niegues porque te he visto con mis propios ojos.

Capítulo 10

CRISTIANO se quedó inmóvil. Estaba haciendo todo lo posible por controlar su enfado porque no quería estresarla, pero nadie había cuestionado nunca sus movimientos. O, más bien, él no había permitido que se cuestionasen.

–No tengo que negar nada –respondió.

No iba a ser interrogado por nadie. Había alterado muchas cosas en su vida por aquella mujer, pero ya era más que suficiente y había que poner límites.

Sus palabras destrozaron cualquier posible esperanza que Bethany hubiera tenido de una explicación razonable y sintió como si la hubieran golpeado.

–Lo siento, pero esto es demasiado. Demasiado para mí.

–¿Qué significa eso?

–Significa que no puedo casarme contigo.

–Eso es ridículo –Cristiano intentaba no levantar la voz, pero tenía que hacer un esfuerzo sobrehumano para controlarse–. Además, no deberías excitarte en este momento.

–¡Haré lo que me parezca bien, deja de darme órdenes!

No quería que se excitase por el niño. Sólo se preocupaba por el niño. Lágrimas de amargura y decepción temblaban en sus pestañas, pero Bethany apretó los labios para no llorar porque eso la pondría en desventaja.

–¿Esto es lo que va a pasar a partir de ahora? –le espetó Cristiano entonces–. ¿Vas a cambiar de opinión cada vez que estés deprimida?

–No estoy deprimida, sólo te estoy pidiendo que me expliques qué hacías con una mujer a la hora de comer cuando me has dicho que has estado todo el día reunido. ¿Eso es pedir demasiado?

–Eso es decir que no confías en mí –contestó él–. Me estás acusando de tener una aventura y yo te digo que no es así. No veo por qué tendríamos que seguir hablando del asunto.

Si no tenía ninguna importancia, ¿por qué no le decía qué hacía con esa mujer?, se preguntó Bethany. Si era tan inocente, si no tenía nada que ocultar, ¿por qué tanto secreto? Tal vez era cierto, tal vez no había nada entre ellos, pero se negaba a darle una explicación y eso era intolerable. Tal vez a él flirtear con una mujer no le parecía mal, pero a ella sí. No quería que mirase a otra siquiera. No iba a cambiar de opinión sobre casarse con él, pero la realidad era que Cristiano no la amaba. ¿Cómo iba a confiar en él?

–Muy bien –asintió, suspirando.

Cristiano la conocía bien y sabía que había dejado el tema por el momento, sólo por el momento. Porque conocía su determinación para encontrar respuestas. En realidad, se parecía mucho a él en ese aspecto, pero no iba a perder la batalla. Por mucho que quisiera cumplir con su obligación y hacer lo que debía hacer un hombre decente, no iba a dejar que Bethany le pidiera una explicación detallada de lo que hacía cada día para satisfacer su calenturienta imaginación.

No había hecho nada malo, fin de la historia.

Pensar eso debería haberlo calmado, pero la discusión lo había dejado inquieto y molesto.

–Es tarde –dijo abruptamente–. Y discutir hasta altas horas de la madrugada ni va a servir de nada ni es bueno para ti. Será mejor que duermas.

–Deja de decirme lo que tengo que hacer, ya soy mayorcita.

–¿Por qué? Tú sabes que tengo razón.

–No, lo único que sé es que eres un arrogante –replicó Bethany.

Había aceptado casarse con él y lo haría, pero no podía dejar de pensar en esa mujer. Como un disco rayado, su cerebro no dejaba de repetir la escena hasta que estuvo a punto de llorar.

Cristiano la observaba, en silencio. Pero no entendía por qué estaba tan enfadada por algo que no tenía la menor importancia. sintiéndose acorralado, se negaba a rendirse y, en lugar de hacerlo, dijo con tono conciliador:

–Voy a mi estudio a trabajar un rato. Así podrás calmarte...

–¡No quiero calmarme! Quiero que hablemos.

–O confías en mí o no, Bethany. Sí, he visto a una mujer a la hora de comer, pero no me acuesto con ella. Y ahora, si no te importa, me voy al estudio porque quiero dejarte dormir. No te preocupes si te despiertas y no me encuentras a tu lado. Es posible que duerma en el cuarto de invitados.

En cuanto salió de la habitación, los ojos de Bethany se llenaron de lágrimas. ¿Se habría equivocado? Ella sólo quería respuestas. Nadie podría decir que Cristiano hubiera sido poco razonable, pero se había negado a contestar y ella sentía como si el mundo se hundiera bajo sus pies.

Había tenido que hacer un esfuerzo para no ir al estudio a exigirle una explicación, pero sabía que no serviría de nada. Además, su orgullo se lo impedía.

Cristiano era una persona independiente y dirigía su vida según sus leyes y, en general, esas leyes eran justas. Tenía que concederle eso. La había acusado de no confiar en él y sabía que era cierto. No confiaba en él y no podría hacerlo porque Cristiano no la quería, pero tampoco podía imaginarlo engañándola con otra mujer.

Su silencio, sin embargo, la llevaba a las mismas preguntas y a los mismos miedos.

Cristiano no le había mentido nunca. De hecho, había sido ella quien le mintió cuando se conocieron. Y, sin embargo, lo había acusado de mentir o, al menos, de esconderle algo.

Bethany por fin se quedó dormida, inquieta por el hecho de, no sabía cómo, era ella quien se sentía culpable.

Cuando despertó a la mañana siguiente, a las siete y media, comprobó que Cristiano no había dormido a su lado.

Asustada, se levantó de la cama. ¿Dónde estaba?, se preguntó. A pesar de la discusión había dormido profundamente y no lo había oído entrar en la habitación. ¿Habría dormido en el cuarto de invitados como amenazó?

Pero cuando miró allí no había ni rastro de Cristiano. Tal vez se habría ido temprano a trabajar...

Nerviosa, lo llamó al móvil y estuvo a punto de desmayarse de alivio cuando por fin contestó.

–¿Dónde estás?

Cristiano notó la angustia en su voz y sintió cierta satisfacción. El interrogatorio lo había enfadado, pero no estaba orgulloso de haberse negado a dar explicaciones. De hecho, se había pasado la noche entera sintiendo como si le hubieran dado un puñetazo en el estómago.

A las tres de la mañana había entrado en el dormitorio para mirarla. Quería meterse en la cama con ella, pero no quería despertarla porque sabía que volverían a discutir.

–¿Ya te has levantado?

–¿Dónde estás? No me has contestado.

–Espera un momento.

La comunicación se cortó y Bethany cerró el móvil, con el corazón encogido. Pero cuando levantó la mirada vio a Cristiano en la puerta de la cocina. No lo había oído, pero el alivio que sintió al verlo estuvo a punto de hacerla llorar. Quería correr para echarse en sus brazos, decirle cuánto lo quería...

–¿Has dormido bien? –le preguntó en cambio.

Era absolutamente guapísimo, pensó, preguntándose si algún día se acostumbraría al impacto que sentía cada vez que lo miraba. Pero no estaba sonriendo y eso la puso más nerviosa que la discusión de la noche anterior.

–No –respondió Cristiano–. He estado trabajando casi toda la noche en el estudio.

Había tenido horas para pensar en la discusión. Horas para analizar su respuesta y minutos para concluir que, en lugar de sentirse acorralado, en realidad le había gustado ver a Bethany celosa. Porque de los celos se derivaba la necesidad de estar con alguien y eso era lo que quería de Bethany.

La costumbre había hecho que respondiera como lo hizo, pero era hora de decirle adiós a las antiguas costumbres.

–Ven, siéntate –dijo entonces, tomándola del brazo–. Voy a hacerte el desayuno.

–¿Por qué?

–¿No tienes hambre?

–No, quiero decir... ¿por qué no estás enfadado conmigo? Anoche discutimos...

–Tenías todo el derecho del mundo a preguntarme qué hacía en compañía de una mujer –la interrumpió Cristiano.

–Yo confío en ti –empezó a decir ella–. Pero es que estaba... –mientras buscaba un adjetivo que no revelase su amor por él, Cristiano se adelantó.

–¿Celosa?

Bethany se miró las manos, que parecían el único punto seguro.

–Yo también estaría celoso –le confesó él entonces.

–¿Ah, sí?

–Claro que sí.

–Porque tú eres el tipo de hombre que ve a las mujeres como una posesión –el comentario era una excusa para no empezar a jugar con la seductora fantasía de que Cristiano quisiera algo más que un matrimonio de conveniencia.

–No, en realidad no es así –dijo él mientras sacaba unos huevos de la nevera–. No voy a decir que no he tenido relaciones con una gran cantidad de mujeres porque no sería verdad, pero nunca he dejado que ninguna me pusiera condiciones.

–Yo no estaba...

–Espera un momento, déjame terminar –la interrumpió Cristiano–. Siempre he vivido mi vida según mis términos. Mis reglas eran muy sencillas: el trabajo era lo primero y siempre dejaba bien claro que no tenía intención de casarme. Siempre he sido sincero y no me gustan las escenas, ni las exigencias, nada que yo no estuviera dispuesto a dar.

Después de hacer un cálculo aproximado de la cantidad de reglas que se había saltado desde que estaba con ella, Bethany lo miró con nuevos ojos.

–Bueno, tal vez te has saltado unas cuantas conmigo...

–No me interrumpas, Bethany. Estoy intentando imaginar cómo voy a decirte lo que quiero decirte...

–¿Qué tienes que decirme?

Cristiano levantó los ojos al cielo. Sabía que aquél era el momento de su vida y experimentaba una sensación extraña que lo asustaba y lo emocionaba al mismo tiempo. Pero estaba absolutamente convencido de que aquello era lo que debía hacer, que estaba destinado a ello.

–Que tú puedes saltarte todas esas reglas. En realidad ya lo has hecho, pero he descubierto que no me importa.

–No tienes que decir esas cosas...

–No te entiendo.

–Sé que no quieres disgustarme porque estoy embarazada, pero eso no significa que...

Cristiano le regaló entonces una sonrisa tan tierna que Bethany se quedó sin aliento.

–Eres preciosa, ¿te lo he dicho alguna vez? Me enganchaste desde el momento que te vi. Incluso cuando fui a Irlanda a echarte una bronca me tenías enganchado.

Bethany no dijo nada. En realidad, no se atrevía ni a respirar por miedo a turbar esa confesión. No quería que aquel momento terminase nunca.

–Debería haberme llevado un disgusto cuando me dijiste que estabas embarazada porque yo no había anticipado un cambio de vida de tal magnitud. En las pocas ocasiones en las que había pensado en casarme y tener hijos siempre creía que mi vida seguiría siendo más o menos la misma, con una esposa dulce que hiciera lo que tuviese que hacer en casa mientras yo seguía haciendo lo mismo de siempre.

Bethany estaba fascinada por la vulnerabilidad que veía en su rostro, pero no se atrevía a moverse.

–Pero cuando dijiste que no querías casarte conmigo, que cada uno debería seguir por su lado descubrí que no era eso lo que yo quería. Te quería a ti –dijo Cristiano entonces–. No quería ser padre a tiempo parcial y tampoco quería ser tu amigo. En fin, esto no es fácil para mí y no le he dicho nunca, pero te quiero. Creo que me enamoré de ti durante esas dos semanas en Barbados... ¿pero cómo iba a saberlo? Nunca había sentido algo así y la verdad es que no esperaba que el amor pudiera ser algo tan impredecible. Pensé que te deseaba, que era algo pasajero. Y luego pensé que te había pedido que te casaras conmigo porque era mi deber. Le di todos los nombres que pude encontrar, pero ninguno era el adecuado.

–¿Me quieres? –murmuró Bethany.

–No pongas esa cara de sorpresa, todo lo que he hecho durante los últimos meses demuestra que te quiero.

Bethany le echó los brazos al cuello y le habría dicho mil veces que lo quería si él no la hubiera interrumpido.

–Siento no haberte explicado lo de Anita.

–No, soy yo quien lo siente. No quería ponerme tan pesada, pero es que...

–Tienes todo el derecho del mundo a ponerte pesada. Prefiero eso a pensar que no te importaría verme con otra mujer, Bethany. Porque si yo te viera con otro hombre lo haría papilla.

Aún en el séptimo cielo, Bethany descubrió que Anita, la chica de las botas militares, era coordinadora de una ONG que trabajaba en África.

–Quería darte una sorpresa.

–¿Una sorpresa?

–Estoy involucrado en la construcción de un hospital en África y puede que sólo sea el primero de muchos –Cristiano tuvo que sonreír al ver su cara de sorpresa–. No me mires así –dijo luego, buscando sus labios–. ¿No le contaste a tus padres que me dedicaba a construir hospitales por todo el mundo? Considerando que tú eres la instigadora, puedes ayudarme a decidir cuál será el próximo proyecto. Y por cierto, no tienes nada que temer de Anita porque es lesbiana.

La hija de Cristiano y Bethany nació dos semanas después y Cristiano anunció, con una sinceridad que hizo reír a Bethany, que había vuelto a enamorarse de ella otra vez.

Helena Grace, que había llegado al mundo sin ningún problema, era una niña gordita con el pelo rojo de su madre y los preciosos ojos oscuros de su padre. Sus abuelos, y su bisabuelo, estaban locos con ella y los planes de la boda fueron discutidos en detalle mientras ellos contribuían cuando los dejaban, que no era siempre.

Pero lo que realmente querían era que llegase la noche para meterse en la cama.

Con la niña a menudo entre los dos antes de ponerla en la cuna, los puñitos cerrados mientras dormía, Cristiano y Bethany hablaban sobre buscar una casa en las afueras.

–Nunca pensé que algún día querría escapar del ritmo frenético de la ciudad –le había dicho él más de una vez–. Todo esto es culpa tuya, brujita mía...

Y Bethany estaba encantada de ser la responsable de ese cambio.

Sin dinero y en venta...

Cuatro años atrás, Sophie había amado a Nikos Kazandros con todo su corazón. Lo que no había imaginado era que Nikos le robase la virginidad y después la abandonara...

Ahora, necesitada de dinero, recurrió a un trabajo que jamás habría considerado de no ser por encontrarse en una situación desesperada. Pero todo salió mal desde la primera noche, cuando se encontró con Nikos accidentalmente.

Nikos se escandalizó al ver cómo se ganaba la vida Sophie y decidió poner fin a aquello. Pero la única forma de conseguirlo era no perderla de vista y pagar por pasar tiempo con ella...

Mujer comprada

Julia James

¡YA EN TU PUNTO DE VENTA!